FRIEDRICH

O

PHILIPP RECLAM JUN. STUTTGART

Die Texte dieser Auswahl beruhen auf der von Franz
Muncker und Jaro Pawel herausgegebenen historisch-kriti-
schen Ausgabe der Oden Klopstocks (Stuttgart 1889). Diese
Edition bietet den letzten von Klopstock selbst festgesetz-
ten Wortlaut mit allen Eigentümlichkeiten der Orthographie und Interpunktion.

Universal-Bibliothek Nr. 1391 [2]
Alle Rechte vorbehalten. © Philipp Reclam jun. Stuttgart 1966
Gesetzt in Petit Garamond-Antiqua. Printed in Germany 1976
Satz: Wenzlaff KG., Kempten/Allgäu. Druck: Reclam Stuttgart
ISBN 3-15-001391-7

Oden an Fanny

DER LEHRLING DER GRIECHEN
(1747)

Wen des Genius Blick, als er gebohren ward,
    Mit einweihendem Lächeln sah,
Wen, als Knaben, ihr einst Smintheus Anakreons
    Fabelhafte Gespielinnen,
Dichtrische Tauben umflogt, und sein mäonisch Ohr
    Vor dem Lerme der Scholien
Sanft zugirrtet, und ihm, daß er das Alterthum
    Ihrer faltigen Stirn nicht säh,
Eure Fittige lieht, und ihn umschattetet,
    Den ruft, stolz auf den Lorberkranz,
Welcher vom Fluche des Volks welkt, der Eroberer
    In das eiserne Feld umsonst,
Wo kein mütterlich Ach bang bey dem Scheidekuß,
    Und aus blutender Brust geseufzt,
Ihren sterbenden Sohn dir, unerbittlicher,
    Hundertarmiger Tod, entreißt!
Wenn das Schicksal ihn ja Königen zugesellt,
    Umgewöhnt zu dem Waffenklang,
Sieht er, von richtendem Ernst schauernd, die Leichname
    Stumm und seelenlos ausgestreckt,
Segnet dem fliehenden Geist in die Gefilde nach,
    Wo kein tödtender Held mehr siegt.
Ihn läßt gütiges Lob, oder Unsterblichkeit
    Deß, der Ehre vergeudet, kalt!
Kalt der wartende Thor, der, des Bewunderns voll,
    Ihn großäugichten Freunden zeigt,
Und der lächelnde Blick einer nur schönen Frau,
    Der zu dunkel die Singer ist.
Thränen nach besserem Ruhm werden Unsterblichen,
    Jenen alten Unsterblichen,

Deren daurender Werth, wachsenden Strömen gleich,
  Jedes lange Jahrhundert füllt,
Ihn gesellen, und ihn jenen Belohnungen,
  Die der Stolze nur träumte, weihn!
Ihm ist, wenn ihm das Glück, was es so selten that,
  Eine denkende Freundin giebt,
Jede Zähre von ihr, die ihr sein Lied entlockt,
  Künftiger Zähren Verkünderin!

DIE KÜNFTIGE GELIEBTE

(1747)

Dir nur, liebendes Herz, euch, meine vertraulichsten Thränen,
  Sing' ich traurig allein dieß wehmüthige Lied.
Nur mein Auge soll's mit schmachtendem Feuer durchirren,
  Und, an Klagen verwöhnt, hör' es mein leiseres Ohr!
Ach warum, o Natur, warum, unzärtliche Mutter,
  Gabest du zum Gefühl mir ein zu biegsames Herz?
Und in das biegsame Herz die unbezwingliche Liebe,
  Daurend Verlangen, und ach keine Geliebte dazu?
Die du künftig mich liebst, (wenn anders zu meinen Thränen
  Einst das Schicksal erweicht eine Geliebte mir giebt!)
Die du künftig mich liebst, o du aus allen erkohren,
  Sag, wo dein fliehender Fuß ohne mich einsam jetzt irrt?
Nur mit Einem verrathenden Laut, mit Einem der Töne,
  Die der Frohen entfliehn, sag' es, einst Glückliche, mir!
Fühlst du, wie ich, der Liebe Gewalt, verlangst du nach mir
                                                        hin,
  Ohne daß du mich kennst; o so verheel' es mir nicht!
Sag' es mit einem durchdringenden Ach, das meinem Ach
                                                   gleicht,
  Das aus innerster Brust Klage seufzet, und stirbt.
Oft um Mitternacht wehklagt die bebende Lippe,
  Daß, die ich liebe, du mir immer unsichtbar noch bist!
Oft um Mitternacht streckt sich mein zitternder Arm aus,

Und umfasset ein Bild, ach das deine vielleicht!
Wo, wo such' ich dich auf? wo werd' ich endlich dich finden?
  Du, die meine Begier stark und unsterblich verlangt!
Jener Ort, der dich hält, wo ist er? wo fließet der Himmel,
  Welcher dein Aug' umwölbt, heiter und lächelnd vorbey?
Werd' ich mein Auge zu dir einst, segnender Himmel,
                                                    erheben,
  Und umarmet sie sehn, die aufblühen du sahst?
Aber ich kenne dich nicht! es ging die fernere Sonne
  Meinen Thränen daselbst niemals unter und auf.
Soll ich jene Gefilde nicht sehn? Führt nie dort im Frühling
  Meine zitternde Hand sie in ein blühendes Thal?
Sinkt sie, von süßer Gewalt der mächtigen Liebe bezwungen,
  Nie mit der Dämmerung Stern mir an die bebende Brust?
Ach wie schlägt mir mein Herz! wie zittern mir durch die
                                                    Gebeine
  Freud' und Hofnung, dem Schmerz unüberwindlich dahin!
Unbesingbare Lust, ein süßer begeisternder Schauer,
  Eine Thräne, die mir still den Wangen entfiel;
Und, o ich sehe sie! mitweinende, weibliche Zähren,
  Ein mir lispelnder Hauch, und ein erschütterndes Ach;
Ein zusegnender Laut, der mir rief, wie ein Schatten dem
                                                    Schatten
  Liebend ruft, weissagt, dich, die mich hörte, mir.
O du, die du sie mir und meiner Liebe gebahrest,
  Hältst du sie, Mutter, umarmt; dreymal gesegnet sey mir!
Dreymal gesegnet sey dein gleich empfindendes Herz mir,
  Das der Tochter zuerst weibliche Zärtlichkeit gab!
Aber laß sie itzt frey! Sie eilt zu den Blumen, und will da
  Nicht von Zeugen behorcht, will gesehen nicht seyn.
Eile nicht so! doch mit welchem Namen soll ich dich nennen,
  Du, die unaussprechlich meinem Verlangen gefällt?
Heißest du Laura? Laura besang Petrarka in Liedern,
  Zwar dem Bewunderer schön, aber dem Liebenden nicht!
Wirst du Fanny genannt? Ist Cidli dein feyrlicher Name?
  Singer, die Joseph und den, welchen sie liebte, besang?
Singer! Fanny! ach Cidli! ja Cidli nennet mein Lied dich,

Wenn im Liede mein Herz halb gesagt dir gefällt!
Eile nicht so, damit nicht vom Dorn der verpflanzeten Rose
  Blute, wenn du so eilst, dein zu flüchtiger Fuß;
Du mit zu starken Zügen den Duft des Lenzes nicht
                          trinkest,
  Und um den blühenden Mund sanfter die Lüfte nur wehn.
Aber du gehest denkend und langsam, das Auge voll Zähren,
  Und jungfräulicher Ernst deckt das verschönte Gesicht.
Täuschte dich jemand? und weinest du, weil der Gespielinnen
                          eine
  Nicht, wie von ihr du geglaubt, redlich und tugendhaft
                          war?
Oder liebst du, wie ich? erwacht mit unsterblicher Sehnsucht,
  Wie sie das Herz mir empört, dir die starke Natur?
Was sagt dieser seufzende Mund? Was sagt mir dieß Auge,
  Das mit verlangendem Blick sich zu dem Himmel erhebt?
Was entdeckt mir dieß tiefere Denken, als sähst du ihn vor
                          dir?
  Ach, als sänkst du ans Herz dieses Glücklichen hin!
Ach du liebest! So wahr die Natur kein edleres Herz nicht
  Ohne den heiligsten Trieb derer, die ewig sind, schuf!
Ja, du liebest, du liebest! Ach wenn du den doch auch
                         kenntest,
  Dessen liebendes Herz unbemerkt dir schlägt;
Dessen Wehmuth dich ewig verlangt, dich bang vom
                        Geschicke
  Fodert, von dem Geschick, das unbeweglich sie hört.
Weheten doch sanftrauschende Winde sein innig Verlangen,
  Seiner Seufzer Laut, seine Gesänge dir zu!
Winde, wie die in der goldenen Zeit, die vom Ohre des
                        Schäfers,
  Hoch zu der Götter Ohr, flohn mit der Schäferin Ach.
Eilet, Winde, mit meinem Verlangen zu ihr in die Laube,
  Schauert hin durch den Wald, rauscht, und verkündet
                        mich ihr:
Ich bin redlich! Mir gab die Natur Empfindung zur Tugend;
  Aber mächtiger war, die sie zur Liebe mir gab,

Zu der Liebe, der schönsten der Tugenden, wie sie den
                                        Menschen
In der Jugend der Welt stärker und edler sie gab.
Alles empfind' ich von dir; kein halb begegnendes Lächeln;
    Kein unvollendetes Wort, welches in Seufzer verflog;
Keine stille mich fliehende Thräne, kein leises Verlangen,
    Kein Gedanke, der sich mir in der Ferne nur zeigt;
Kein halb stammelnder Blick voll unaussprechlicher Reden,
    Wenn er den ewigen Bund süßer Umarmungen schwört;
Auch der Tugenden keine, die du mir sittsam verbirgest,
    Eilet mir unerforscht und unempfunden vorbey!
Ach, wie will ich, Cidli, dich lieben! Das sagt uns kein
                                        Dichter,
    Und selbst wir im Geschwätz trunkner Beredtsamkeit
                                        nicht.
Kaum, daß noch die unsterbliche selbst, die fühlende Seele
    Ganz die volle Gewalt dieser Empfindungen faßt!

BARDALE

(1748/71)

Einen fröhlichen Lenz ward ich, und flog umher!
Diesen fröhlichen Lenz lehrete sorgsam mich
Meine Mutter, und sagte:
Sing, Bardale, den Frühling durch!

Hört der Wald dich allein, deine Gespielinnen
Flattern horchend nur sie dir um den Schattenast;
Singe dann, o Bardale,
Nachtigallen Gesänge nur.

Aber tritt er daher, der wie der wachsende
Ahorn schlank sich erhebt, komt er der Erde Gott,
Sing dann, glücklicher Sänger,
Tönevoller, und lyrischer!

Denn sie hören dich auch, die doch unsterblich sind!
Ihren göttlichsten Trieb lockt dein Gesang hervor.
Ach, Bardale, du singest
Liebe dann den Unsterblichen!

Ich entflog ihr, und sang, und der bewegte Hain
Und die Hügel umher hörten mein flötend Lied!
Und des Baches Gespräche
Sprachen leiser am Ufer hin.

Doch der Hügel, der Bach war nicht, die Eiche selbst
War der Gott nicht! und bald senkte den Ton mein Lied.
Denn ich sang dich, o Liebe,
Nicht Göttinnen, und Göttern nicht!

Jetzo kam sie herauf, unter des Schattens Nacht
Kam die edle Gestalt, lebender, als der Hain!
Schöner, als die Gefilde!
Eine von den Unsterblichen!

Welches neue Gefühl glühte mir! Ah der Blick
Ihres Auges! Der West hielt mich, ich sank schon hin!
Spräch die Stimme den Blick aus;
O so würde sie süßer seyn,

Als mein leisester Laut, als der gefühlteste,
Und gesungenste Ton, wenn mich die junge Lust
Von dem Zweige des Strauches
In die Wipfel des Hains entzückt!

Aug', ach Auge! dein Blick bleibt unvergeßlich mir!
Und wie nennet das Lied? singen die Töne dich?
Nennt's dich, singen sie: Seele?
Bist du's, das die Unsterblichen

Zu Unsterblichen macht? Auge! wem gleich' ich dich?
Bist du Bläue der Luft, wenn sie der Abendstern
Sanft mit Golde beschimmert?
Oder gleichest du jenem Bach,

Der dem Quell kaum entfloß? Schöner erblickte nie
Seine Rosen der Busch! heller ich selbst mich nie
Im Kristalle des Flusses,
Niederschwankend am Frühlingssproß.

O was sprach itzt ihr Blick? Hörtest du, Göttin, mich?
Eine Nachtigall du? Sang ich von Liebe dir?
Und was fließet gelinder
Dir vom schmachtenden Aug' herab?

Ist das Liebe, was dir eilend vom Auge rinnt?
Deinen göttlichsten Trieb lockt ihn mein Lied hervor?
Welche sanfte Bewegung
Hebet dir die beseelte Brust?

Sag, wie heisset der Trieb, welcher dein Herz durchwallt?
Reizt ohn' ihn dich Iduns goldene Schaale noch?

Ist er himlische Tugend?
Oder Freud' in dem Hain Walhalls?

O gefeyert sey mir, blumiger zwölfter May,
Da die Göttin ich sah! aber gefeyerter
Seyst du unter den Mayen,
Wenn ich in den Umarmungen

Eines Jünglings sie seh, der die Beredtsamkeit
Dieser Augen, und euch fühlet, ihr Frühlinge
Dieser lächelnden Minen,
Und den Geist, der dieß alles schuf!

Wars nicht, Fanny, der Tag? wars nicht der zwölfte May,
Als der Schatten dich rief? wars nicht der zwölfte May,
Der mir, weil ich allein war,
Öd' und traurig vorüberfloß?

AN FANNY

(1748)

Wenn einst ich todt bin, wenn mein Gebein zu Staub'
Ist eingesunken, wenn du, mein Auge, nun
Lang' über meines Lebens Schicksal,
Brechend im Tode, nun ausgeweint hast,

Und stillanbetend da, wo die Zukunft ist,
Nicht mehr hinauf blickst, wenn mein ersungner Ruhm,
Die Frucht von meiner Jünglingsthräne,
Und von der Liebe zu dir, Messias!

Nun auch verweht ist, oder von wenigen
In jene Welt hinüber gerettet ward:
Wenn du alsdann auch, meine Fanny,
Lange schon todt bist, und deines Auges

Stillheitres Lächeln, und sein beseelter Blick
Auch ist verloschen, wenn du, vom Volke nicht
Bemerket, deines ganzen Lebens
Edlere Thaten nunmehr gethan hast,

Des Nachruhms werther, als ein unsterblich Lied,
Ach wenn du dann auch einen beglückteren
Als mich geliebt hast, laß den Stolz mir,
Einen Beglückteren, doch nicht edlern!

Dann wird ein Tag seyn, den werd ich auferstehn!
Dann wird ein Tag seyn, den wirst du auferstehn!
Dann trennt kein Schicksal mehr die Seelen,
Die du einander, Natur, bestimmtest.

Dann wägt, die Wagschaal in der gehobnen Hand,
Gott Glück und Tugend gegen einander gleich;
Was in der Dinge Lauf jetzt misklingt,
Tönet in ewigen Harmonieen!

Wenn dann du dastehst jugendlich auferweckt,
Dann eil' ich zu dir! säume nicht, bis mich erst
Ein Seraph bey der Rechten fasse,
Und mich, Unsterbliche, zu dir führe.

Dann soll dein Bruder, innig von mir umarmt,
Zu dir auch eilen! dann will ich thränenvoll,
Voll froher Thränen jenes Lebens
Neben dir stehn, dich mit Namen nennen,

Und dich umarmen! Dann, o Unsterblichkeit,
Gehörst du ganz uns! Komt, die das Lied nicht singt,
Komt, unaussprechlich süße Freuden!
So unaussprechlich, als jetzt mein Schmerz ist.

Rinn unterdeß, o Leben. Sie komt gewiß
Die Stunde, die uns nach der Zypresse ruft!
Ihr andern, seyd der schwermuthsvollen
Liebe geweiht! und umwölkt und dunkel!

DER ABSCHIED

(1748)

Wenn du entschlafend über dir sehen wirst
Den stillen Eingang zu den Unsterblichen,
Und aufgethan die erdeferne
Pforte des Himmels, enthüllt den Schauplaz

Der Ewigkeit! dann nahe dir hören wirst
Die Donnerrede deß, der Entscheidung dir
Kund thut; so feyrlich spricht die Gottheit,
Wenn sie das Urtheil der Tugend ausspricht;

Wenn du dann lächelnd näher dir hören wirst
Die Stimme Salems, welcher dein Engel war,

Und, mit des Seraphs sanftem Laute,
Deines entschlafenen Freundes Stimme:

Dann werd' ich vor dir lange gestorben seyn.
Den letzten Abend sprach ich, und lehnte mich
An deines Bruders Brust, und weinend
Senkt' ich die Hand ihm in seine Hand hin:

„Mein Schmidt, ich sterbe, sehe nun bald um mich
Die großen Seelen, Popen und Addison,
Den Sänger Adams neben Adam,
Neben ihm Eva mit Palmenkränzen,

Der Schläfe Miltons heilig; die himlische,
Die fromme Singer, bey ihr die Radikin,
Und, durch deß Tod mich Staunen traf, daß
Traurigkeit auch, und nicht Freud' allein sey

Auf Erden! meinen Bruder, der blühte, schnell
Abfiel! Bald tret' ich in die Versamlungen,
Hin ins Getön, ins Halleluja,
In die Gesänge der hohen Engel.

Heil mir! mein Herz glüht, feurig und ungestüm
Bebt mir die Freude durch mein Gebein dahin!
Heil mir! die ewig junge Seele
Fließet von Göttergedanken über.

Schon halb gestorben, lebet von neuem mir
Der müde Leib auf; so werd' ich auferstehn,
Der süße Schauer wird mich fassen,
Wenn ich mit dir von dem Tod' erwache.

Wie mir es sanft schlägt! leg' an mein Herz dich, Freund!
Ich lebt', und daß ich lebte, bereu' ich nicht,
Ich lebte dir, und unsern Freunden,
Aber auch ihm, der nun bald mich richtet!

Ich hör', ich höre fern schon der Wage Klang,
Nah ihr der Gottheit Stimme, die Richterin;
O wäre sie der bessern Thaten
Schale so schwer, daß sie überwöge!

Ich sang den Menschen menschlich den Ewigen,
Den Mittler Gottes. Unten am Throne liegt
Mein großer Lohn mir, eine goldne,
Heilige Schale voll Christenthränen.

Ach, schöne Stunden! traurige schöne Zeit,
Mir immer heilig, die ich mit dir gelebt!
Die erste floß uns frey und lächelnd,
Jugendlich hin, doch die letzte weint' ich!

Mehr, als mein Blick sagt, hat dich mein Herz geliebt,
Mehr, als es seufzet, hat dich mein Herz geliebt;
Laß ab vom Weinen; sonst vergeh' ich:
Auf, sey ein Mann! geh', und liebe Rothen!

Mein Leben sollte hier noch nicht himlisch seyn,
Drum liebte die mich, die ich so liebte, nicht.
Geh, Zeuge meines Trauerlebens,
Geh, wenn ich todt bin, zu deiner Schwester,

Erzähl, nicht jene mir unvergeßlichen
Durchweinten Stunden, nicht, wie ein trüber Tag,
Wie Wetter, die sich langsam fortziehn,
Mein nun vollendetes kurzes Leben;

Nicht jene Schwermuth, die ich an deiner Brust
Verstummend weinte; Heil dir, mein theurer Freund!
Weil du mit allen meinen Thränen
Mitleid gehabt, und mit mir geweint hast!

Vielleicht ein Mädchen, welches auch edel ist,
Wird, meiner Lieder Hörerin, um sich her

Die Edlen ihrer Zeit betrachten,
Und mit der Stimme der Wehmut sagen:

O lebte der noch, welchem so tief das Herz
Der Liebe Macht traf! Die wird dich segnen, Freund!
Weil du mit meinen vielen Thränen
Mitleid gehabt, und mit mir geweint hast!

Geh, wenn ich todt bin, lächelnd, so wie ich starb,
Zu deiner Schwester; schweige vom Traurenden;
Sag ihr, daß sterbend ich von ihr noch
Also gesprochen, mit heitrem Blicke;

Des Herzens Sprache, wenn sie mein todter Blick
Noch reden kann, ach sag' ihr: Wie lieb' ich dich!
Wie ist mein unbemerktes Leben,
Dir nur geheiligt, dahingegangen!

Des besten Bruders Schwester! Nim, Göttliche,
Den Abschiedssegen, welchen dein Freund dir giebt;
Gelebt hat keiner, der dich also
Segnete, keiner wird so dich segnen.

Womit der lohnet, welcher die Unschuld kennt,
Von aller hohen himlischen Seligkeit,
Von jener Ruh der frommen Tugend,
Fließe dein göttliches Herz dir über!

Du müssest weinen Thränen der Menschlichkeit,
Viel theure Thränen, wenn du die Dulder siehst,
Die vor dir leiden, durch dich müsse
Deinen Gespielinnen sichtbar werden

Die heilge Tugend, Gottes erhabenste,
Hier nicht erkannte Schöpfung, und selige,
Von ihrem Jubel volle Freuden
Müssen dein jugendlich Haupt umschweben,

Dir schon bereitet, da du aus Gottes Hand
Mit deinem Lächeln heiter gebildet kamst;
Schon da gab dir, den du nicht kanntest,
Heitere Freuden, mir aber Thränen!

O schöne Seele, die ich mit diesem Ernst
So innig liebte! Aber in Thränen auch
Verehr' ich ihn, das schönste Wesen,
Schöner als Engel ihn denken können.

Wenn hingeworfen vor den Unendlichen
Und tief anbetend ich an des Thrones Fuß
Die Arme weit ausbreite, für dich
Hier unempfundne Gebete stammle:

Dann müss' ein Schauer von dem Unendlichen,
Ein sanftes Beben derer, die Gott nun sehn,
Ein süßer Schauer jenes Lebens
Über dich kommen, und dir die Seele

Ganz überströmen. Über dich müssest du
Erstaunend stehn, und lächelnd gen Himmel schaun!
Ach, dann kom bald im weißen Kleide,
Wallend im lieblichen Strahl der Heitre!

Ich sprach's; und sah noch einmal ihr Bildniß an,
Und starb. Er sah das Auge des Sterbenden,
Und klagt' ihr nicht, weil er sie liebet,
Daß ihm zu früh sein Geliebter hinstarb.

Wenn ich vor dir so werde gestorben seyn,
O meine Fanny, und du auch sterben willst;
Wie wirst du deines todten Freundes
Dich in der ernsteren Stund' erinnern?

Wie wirst von ihm du denken, der edel war,
So ganz dich liebte? wie von den traurigen,

Trostlos durchweinten Mitternächten?
Von der Erschütterung seiner Seele?

Von jener Wehmuth, wenn nun der Jüngling oft,
Dir kaum bemerket, zitternd dein Auge bat,
Und schweigend, nicht zu stolz, dir vorhielt,
Daß die Natur ihn für dich geschaffen?

Ach dann! wie wirst du denken, wenn schnell dein Blick
Und ernst ins Leben hinter dem Rücken schaut?
Das schwör' ich dir, dir ward ein großes,
Göttliches Herz, und das mehr verlangte.

Stirb sanft! o, die ich mit unaussprechlicher
Empfindung liebte! Schlummr' in die Ewigkeit
Mit Ruh hinüber, wie dich Gott schuf,
Als er dich machte voll schöner Unschuld.

Freundschaftsoden

AUF MEINE FREUNDE
(1747)

Wie Hebe, kühn und jugendlich ungestüm,
Wie mit dem goldnen Köcher Latonens Sohn,
Unsterblich, sing ich meine Freunde
Feyrend in mächtigen Dithyramben.

Wilst du zu Strophen werden, o Lied? oder
Ununterwürfig, Pindars Gesängen gleich,
Gleich Zevs erhabnem truncknem Sohne,
Frey aus der schaffenden Sel enttaumeln?

Die Waßer Hebrus wälzten sich adlerschnell
Mit Orpheus Leyer, welche die Hayne zwang
Daß sie ihr folgten, die die Felsen
Taumeln, und Himmelab wandeln lehrte;

So floß der Hebrus. Großer Unsterblicher
Mit fortgerißen folgte dein fliehend Haupt
Blutig mit todter Stirn, die Leyer
Hoch im Getös ungestümer Wogen.

So floß der Fluß, des Oceans Sohn, daher:
So fließt mein Lied auch, hoch, und gedanckenvol.
Des spott ich, der es unbegeistert,
Richterisch und philosophisch höret.

Den seegne, Lied, ihn seegne mit festlichen
Entgegen gehnden hohen Begrüßungen!
Der dort an dieses Tempels Schwellen
Göttlich mit Reben umlaubt, hereintrit.

WINGOLF

(1767)

Erstes Lied

Wie Gna im Fluge, jugendlich ungestüm,
Und stolz, als reichten mir aus Iduna's Gold
Die Götter, sing' ich meine Freunde
Feyrend in kühnerem Bardenliede.

Willst du zu Strophen werden, o Haingesang?
Willst du gesetzlos, Ossians Schwunge gleich,
Gleich Ullers Tanz auf Meerkrystalle,
Frey aus der Seele des Dichters schweben?

Die Wasser Hebrus wälzten mit Adlereil
Des Zelten Leyer, welche die Wälder zwang,
Daß sie ihr folgten, die den Felsen
Taumeln, und wandeln aus Wolken lehrte.

So floß der Hebrus. Schattenbesänftiger,
Mit fortgerissen folgte dein fliehend Haupt
Voll Bluts, mit todter Stirn, der Leyer
Hoch im Getöse gestürzter Wogen.

So floß der Waldstrom hin nach dem Ozean!
So fließt mein Lied auch, stark, und gedankenvoll.
Deß spott' ich, der's mit Klüglingsblicken
Höret, und kalt von der Glosse triefet.

Den segne, Lied, ihn segne bey festlichem
Entgegengehn, mit Freudenbegrüssungen,
Der über Wingolfs hohe Schwelle
Heiter, im Haine gekränzt, hereintritt.

Dein Priester wartet. Sohn der Olympier
Wo bleibst du? Komst du von dem begeisternden
Pindus der Griechen? Oder kömst du
Von den unsterblichen sieben Hügeln?

Wo Zevs und Flaccus neben einander, wo
Mit Zevs und Flaccus Scipio donnerte,
Wo Maro, mit dem Capitole,
Um die Unsterblichkeit, götlich zanckte.

Stolz mit Verachtung sah er die Ewigkeit
Von Zevs Pallästen: „Einst wirst du Trümmer seyn,
„Dann Staub, dann des Sturmwinds Gespiele,
„Du Capitol, und du Got der Donner!"

Wie? oder kömst du von der Britannier
Eyland herüber? Göttercolonien
Sendet vom Himmel Gott den Britten,
Wenn er die Sterblichen dort beselet.

Sey mir gegrüßet! Mir komst du stets gewünscht,
Wo du auch herkomst, Sohn der Olympier,
Lieb vom Homerus, lieb vom Maro,
Lieb von Britanniens Göttereyland.

Aber geliebter trunken und Weisheitsvol
Von Weingebirgen, wo die Unsterblichen
Taumelnd herum gehn, wo die Menschen
Unter Unsterblichen, Götter werden.

Da komst du jezt her. Schon hat der Rebengot
Sein hohes geistervolles Horn über dich
Reich ausgegoßen. Evan schaut dir,
Ebert, aus hellen verklärten Augen.

20   (1747)

Dein Barde wartet. Liebling der sanften Hlyn,
Wo bliebst du? kömst du von dem begeisternden
Achäerhämus? oder kömst du
Von den unsterblichen sieben Hügeln?

Wo Scipionen, Flakkus und Tullius,
Urenkel denkend, tönender sprach, und sang,
Wo Maro mit dem Kapitole
Um die Unsterblichkeit muthig zankte!

Voll sichres Stolzes, sah er die Ewigkeit
Des hohen Marmors: Trümmer wirst einst du seyn,
Staub dann, und dann des Sturms Gespiele,
Du Kapitol! und du Gott der Donner!

Wie oder zögerst du von des Albion
Eiland herüber? Liebe sie, Ebert, nur!
Sie sind auch deutsches Stamms, Ursöhne
Jener, die kühn mit der Woge kamen!

Sey mir gegrüsset! Immer gewünscht kömst du,
Wo du auch herkömst, Liebling der sanften Hlyn!
Vom Tybris lieb, sehr lieb vom Hämus!
Lieb von Britanniens stolzem Eiland,

Allein geliebter, wenn du voll Vaterlands
Aus jenen Hainen kömst, wo der Barden Chor
Mit Braga singet, wo die Telyn
Tönt zu dem Fluge des deutschen Liedes.

Da kömst du jetzt her, hast aus dem Mimer schon
Die geistervolle silberne Flut geschöpft!
Schon glänzt die Trunkenheit des Quells dir,
Ebert, aus hellem entzücktem Auge.

„Wohin beschworst du, Dichter, den Folgenden?
Was trank? was seh' ich? Bautest du wieder auf

Dir streute, Freund, mein Genius Rebenlaub,
Der unsern Freunden rufet, damit wir uns,
Wie in den Elysäerfeldern,
Unter dem Flügel der Freud umarmen.

Sie kommen. Cramern geht Polyhymnia
Mit ihrer hohen tönenden Leyer vor,
Sie geht, und sieht auf ihn zurüke
Wie auf den hohen Olymp der Tag sieht.

Sing, Freund, noch Hermanns. Jupiters Adler wacht,
Beym Lied vom Herman, schon vol Entzükung auf,
Sein Fittig wird breiter, der Schlummer
Wölckt sich nicht mehr um sein feurig Auge.

Die deutsche Nachwelt, wenn sie der Barden Lied,
(Wir sind ihr Barden) künftig in Schlachten singt,
Die wird dein Lied, hoch im Getöse
Eiserner Kriege, gewaltig singen.

Schon hat den Geist der Donnerer ausgehaucht,
Schon wälzt sein Leib sich blutig im Rheine fort:
Doch bleibt am Leichnamvollen Ufer
Horchend der flüchtige Geist noch schweben.

Izt reist dich Gottes Tochter, Urania,
Allmächtig zu sich, Gott der Erlöser ist
Dein heilig Lied. Auf seegn' ihn Göttin,
Segn' ihn zum Liede der Auferstehung.

Doch Freund du schweigst, und siehest mich weinend an.
Ach warum starbst du, göttliche Radickinn?

22
(1747)

Tanfana? oder, wie am Dirce
Mauren Amphion, Walhalla's Tempel?"

Die ganze Lenzflur streute mein Genius,
Der unsern Freunden rufet, damit wir uns
Hier in des Wingolf lichten Hallen
Unter dem Flügel der Freud' umarmen.

Zweytes Lied

Sie kommen! Cramern gehet in Rythmustanz,
Mit hochgehobner Leyer Iduna vor!
Sie geht, und sieht auf ihn zurücke,
Wie auf die Wipfel des Hains der Tag sieht.

Sing noch Beredtsamkeiten! die erste weckt
Den Schwan in Glasor schon zur Entzückung auf!
Sein Fittig steigt, und sanft gebogen
Schwebet sein Hals mit des Liedes Tönen!

Die deutsche Nachwelt singet der Barden Lied,
(Wir sind ihr Barden!) einst bey der Lanze Klang!
Sie wird von dir auch Lieder singen,
Wenn sie daher zu der kühnen Schlacht zeucht.

Schon hat den Geist der Donnerer ausgehaucht,
Schon wälzt sein Leib sich blutig im Rheine fort,
Doch bleibt am leichenvollen Ufer
Horchend der eilende Geist noch schweben.

Du schweigest, Freund, und siehest mich weinend an.
Ach warum starb die liebende Radikin?

Schön, wie die junge Morgenröthe,
Heilig und still, wie der Sabbat Gottes.

Nim diese Rosen, Giseke: Lesbia
Hat sie mit Zären heute noch sanft benezt,
Als sie dein Lied mir, von den Schmerzen
Deiner Gespielin, der Liebe, vorsang.

Du lächelst? Freund, dein Auge voll Zärtlichkeit
Hat dir mein Herz schon dazumahl zugewandt,
Als ich zum erstenmal dich sahe,
Als ich dich sah, und du mich nicht kantest.

Wenn ich einst tod bin, Freund, so besinge mich.
Dein Lied vol Tränen soll den entfliehenden
Dir treuen Geist noch um dein Auge,
Das mich beweint, zu verweilen zwingen.

Dann soll mein Schutzgeist schweigend und unbemerckt,
Dreymal dich seegnen, dreymal dein heilig Haupt
Umfliegen, und nach mir beym Abschied
Dreymal noch sehn, und dein Schutzgeist werden.

Haßer der Thorheit, aber auch Menschenfreund,
Allzeit gerechter Rabner, dein heller Blick,
Dein lächelnd Antliz ist nur Freunden,
Freunden der Tugend und deinen Freunden

Stets liebenswürdig. Aber dem Thor bist du
Stets furchtbar. Lach ihn, ohne Barmherzigkeit
Todt: Laß kein unterwürfig Lächeln,
Freund, dich im strafenden Zorne stören.

Stolz und demütig, ist der Thor lächerlich:
Sey unbekümmert, wüchs auch der Narren Zahl
Stets, wenn zu ganzen Völkerschaften
Auch Philosophen die Welt bedeckten.

Schön, wie die junge Morgenröthe,
Heiter und sanft, wie die Sommermondnacht.

Nim diese Rosen, Giseke; Velleda
Hat sie mit Zähren heute noch sanft genäßt,
Als sie dein Lied mir von den Schmerzen
Deiner Gespielin der Liebe vorsang.

Du lächelst: Ja, dein Auge voll Zärtlichkeit
Hat dir mein Herz schon dazumal zugewandt,
Als ich zum erstenmal dich sahe,
Als ich dich sah, und du mich nicht kantest.

Wenn einst ich todt bin, Freund, so besinge mich!
Dein Lied voll Thränen wird den entfliehenden
Dir treuen Geist noch um dein Auge,
Das mich beweint, zu verweilen zwingen.

Dann soll mein Schutzgeist, schweigend und unbemerkt,
Dich dreymal segnen! dreymal dein sinkend Haupt
Umfliegen, und nach mir, der scheidet,
Dreymal noch sehn, und dein Schutzgeist werden.

Der Thorheit Hasser, aber auch Menschenfreund,
Allzeit gerechter Rabner, dein heller Blick,
Dein froh und herzenvoll Gesicht ist
Freunden der Tugend, und deinen Freunden

Nur liebenswürdig; aber den Thoren bist
Du furchtbar! Scheuche, wenn du noch schweigst, sie schon
Zurück! Laß selbst ihr kriechend Lächeln
Dich in dem rügenden Zorn nicht irren.

Stolz, und voll Demuth, arten sie niemals aus!
Sey unbekümmert, wenn auch ihr zahllos Heer
Stets wüchs', und wenn in Völkerschaften
Auch Philosophen die Welt umschwärmten!

(1767)

Wenn du nur einen jedes Jahrhundert rührst
Und ihn den weisern Sterblichen zugesellst;
Wohl dir. Wir wollen deine Siege,
Die wir prophetisch sehn, feyrlich singen.

Der Nachwelt winckend, sez ich dein heilig Bild
Zu Lucianen, und zu den Schwiften hin.
Hier solst du, Freund, den Namen (wenig
Führeten ihn) des Gerechten führen.

Lied, werde sanfter, fließe gelinder fort,
Wie auf die Rosen hel aus Aurorens Hand
Der Morgenthau treufelt, dort kömt er
Heiter mit lächelnder Stirn, mein Gellert.

Dich soll der schönsten Mutter geliebteste
Und schönste Tochter lesen, und reizender
Im Lesen werden, dich in Unschuld,
Sieht sie dich etwa wo schlummern, küßen.

Auf meinem Schoß, in meinen Umarmungen
Soll einst die Fanny, welche mich lieben wird,
Dein süß Geschwäz mir sanft erzälen,
Und es zugleich an der Hand, als Mutter

Die kleinre Fanny lehren. Die Tugend, Freund,
Zeigt auf dem Schauplaz Niemand allmächtiger
Als du. Da die zwo edlen Schönen
Voll von gesezter und stiller Grosmut,

Viel tausend Schönen ewig unnachahmbar,
Unter die Blumen ruhig sich sezeten:
Da weint ich, Freund, da floßen Tränen
Aus dem gerührten entzückten Auge;

Da stand ich betend, ernst, und gedanckenvoll.
O Tugend, rief ich, Tugend, wie schön bist du!

26   (1747)

Wenn du nur Einen jedes Jahrhundert nimst,
Und ihn der Weisheit Lehrlingen zugesellst;
Wohl dir! Wir wollen deine Siege
Singen, die dich in der Fern erwarten.

Dem Enkel winkend stell' ich dein heilig Bild
Zu Tiburs Lacher, und zu der Houyhmeß Freund;
Da sollst du einst den Namen (wenig
Führeten ihn) des Gerechten führen!

Drittes Lied

Lied, werde sanfter, fließe gelinder fort,
Wie auf die Rosen hell aus des Morgens Hand
Der Thau herabträuft, denn dort kömt er
Fröhlicher heut und entwölkt mein Gellert.

Dich soll der schönsten Mutter geliebteste
Und schönste Tochter lesen, und reizender
Im Lesen werden, dich in Unschuld,
Sieht sie dich etwa wo schlummern, küssen.

Auf meinem Schooß, in meinen Umarmungen
Soll einst die Freundin, welche mich lieben wird,
Dein süß Geschwätz mir sanft erzählen,
Und es zugleich an der Hand als Mutter

Die kleine Zilie lehren. Des Herzens Werth
Zeigt auf dem Schauplatz keiner mit jenem Reiz,
Den du ihm gabst. Da einst die beyden
Edleren Mädchen mit stiller Großmuth,

Euch unnachahmbar, welchen nur Schönheit blüht,
Sich in die Blumen setzten, da weint' ich, Freund,
Da flossen ungesehne Thränen
Aus dem gerührten entzückten Auge.

Da schwebte lange freudiger Ernst um mich.
O Tugend! rief ich, Tugend, wie schön bist du!

Welch göttlich Meisterstück sind Selen,
Die dich in sich zu erschaffen stark sind.

Der du uns auch liebst, Olde, komm näher her
Du Kenner, der du edel, und feuervol
Beyden nie schmeichelnd, beyden furchtbar
Stümper der Tugend und Schriften haßest.

Doch fern von beyden, näher der Geisterwelt,
Wo unbemerkt sich Tugend und Freundschaft eint,
Wo unberühmte schöne Thaten
Königlich sind, doch nicht also heißen,

Wollen wir manchen langsamen Wintertag;
(Ihr Bildniß sey dann zwischen uns aufgestellt!)
Da wollen wir von deinem Glücke,
Deiner empfindenden Freundin, reden.

Der du bald Zweifler, bald Philosophe warst,
Bald Spötter aller menschlichen Handlungen,
Bald Miltons, bald Homerus Priester,
Bald Misantrope, bald Freund, bald Dichter,

Viel Zeiten hast du, Kühnert, schon durchgelebt,
Zeiten von Eisen, silberne, goldene,
Komm Freund, komm wieder zu dem Milton
Und zur homerischen Zeit zurücke.

Noch zweene kommen: Den hat vereintes Blut
Unsrer Voreltern zärtlich mir zugesellt,
Jenen des Umgangs süße Reizung,
Und du Geschmack, mit der hellen Stirne,

Schmidt, der mir gleich ist, den die Unsterblichen
Höhern Gesängen neben mir auferziehn;
Und Rothe, der sich freyer Weisheit,
Und der geselligen Freundschaft heiligt.

(1747)

Welch göttlich Meisterstück sind Seelen,
Die sich hinauf bis zu dir erheben!

Der du uns auch liebst, Olde, kom näher her,
Du Kenner, der du edel und feuervoll,
Unbiegsam beyden, beyden furchtbar,
Stümper der Tugend und Schriften hassest!

Du, der bald Zweifler, und Philosoph bald war,
Bald Spötter aller menschlichen Handlungen,
Bald Miltons, und Homerus Priester,
Bald Misanthrope, bald Freund, bald Dichter,

Viel Zeiten, Kühnert, hast du schon durchgelebt,
Von Eisen Zeiten, silberne, goldene!
Kom, Freund, kom wieder zu des Britten
Zeit, und zurück zu des Mäoniden!

Noch zween erblick' ich. Den hat vereintes Blut,
Mehr noch die Freundschaft, zärtlich mir zugesellt,
Und den des Umgangs süße Reizung,
Und der Geschmack mit der hellen Stirne.

Schmidt, der mir gleich ist, den die Unsterblichen
Des Hains Gesängen neben mir auferziehn!
Und Rothe, der sich freyer Weisheit
Und der vertrauteren Freundschaft weihte.

(1767)

Ihr Freunde fehlt noch, die ihr mich künftig liebt.
Wo seyd ihr? Ach Zeit, schöne Zeit, säume nicht.
Komt auserwählte süße Stunden,
Da ich sie seh, und sie sanft umarme.

Und du, o Freundin, die du mich lieben wirst,
Wo bist du? Dich sucht, Fanny, mein einsames
Mein bestes Herz, in dunckler Zukunft,
In Ungewißheit und Nacht, da suchts dich.

Hält dich, o Freundin, hält dich die zärtlichste
Unter den Frauen mütterlich ungestüm:
Wohl dir! Auf ihrem Schoße lernst du
Tugend und Liebe zugleich empfinden!

Wie? oder ruhst du, wo dir des Frühlings Hand
Blumen gestreut hat? Wo dich sein Säuseln kült?
Sey mir geseegnet! Dieses Auge,
Ach dein von Zärtlichkeit volles Auge,

Dieser von Zären schwimmende süße Blick
An Allmacht gleicht er, Fanny, den Himmlischen,
An Huld, an süßen Zärtlichkeiten
Gleicht er dem Blick der noch jungen Eva;

Dis Antliz voll von Tugend, von Großmuth voll,
Dis vor Empfindung bebende beste Herz,
Dies, o, die du mich künftig liebest,
Dieses ist mein! Doch du selber fehlst mir.

Du Fanny fehlst mir! Einsam, von Wehmuth voll,
Und bang und weinend, irr ich, und suche dich,
Dich, Freundin, die mich künftig liebet,
Ach die mich liebt, und mich noch nicht kennet.

Viertes Lied

Ihr Freunde fehlt noch, die ihr mich künftig liebt!
Wo seyd ihr? Eile, säume nicht, schöne Zeit!
Komt, auserkohrne, helle Stunden,
Da ich sie seh', und sie sanft umarme!

Und du, o Freundin, die du mich lieben wirst,
Wo bist du? Dich sucht, Beste, mein einsames
Mein fühlend Herz, in dunkler Zukunft,
Durch Labyrinthe der Nacht hin suchts dich!

Hält dich, o Freundin, etwa die zärtlichste
Von allen Frauen mütterlich ungestüm;
Wohl dir! auf ihrem Schooße lernst du
Tugend und Liebe zugleich empfinden!

Doch hat dir Blumenkränze des Frühlings Hand
Gestreut, und ruhst du, wo er im Schatten weht;
So fühl auch dort sie! Dieses Auge,
Ach dein von Zärtlichkeit volles Auge,

Und der in Zähren schwimmende süße Blick,
(Die ganze Seele bildet in ihm sich mir!
Ihr heller Ernst, ihr Flug zu denken,
Leichter als Tanz in dem West, und schöner!)

Die Mine, voll des Guten, des Edlen voll,
Dieß vor Empfindung bebende sanfte Herz!
Dieß alles, o die einst mich liebet!
Dieses geliebte Phantom ist mein! du,

Du selber fehlst mir! Einsam und wehmuthsvoll
Und still und weinend irr' ich, und suche dich,
Dich, Beste, die mich künftig liebet,
Ach die mich liebt! und noch fern von mir ist!

Siehst du die Thränen, welche mein Herz vergießt,
Freund Ebert? Weinend lehn ich mich auf dich hin!
Gib mir den Becher, diesen vollen,
Welchen du trinkst, daß ich froh, wie du, sey!

Doch izt auf einmahl wird mir mein Auge hel,
Scharf zu Gesichten, hel zu Begeisterung.
Ich sehe, dort an Evans Altar,
Tief in dem wallenden OpferRauche,

Da seh ich langsam heilige Schatten gehn,
Nicht jene, die sich traurig von Sterbenden
Loshüllen, nein die, welch im Schlummer
Geistig vom göttlichen Trinker duften.

Die bringt die Dichtkunst oftmals im weichen Schooß
Zu Freunden. Kein Aug unter den Sterblichen
Entdeckt sie; du nur, seelenvolles
Truncknes poetisches Auge, siehst sie.

Drey Schatten kommen. Neben den Schatten tönts
Wie Dindymene, hoch aus dem Heiligthum,
Allgegenwärtig niederrauschet
Und mit gewaltiger Cymbel tönet.

Oder, wie aus den Götterversamlungen
Mit des Agyieus Leyerton, Himmel ab
Und taumelnd hin auf Weingebirge
Satzungenloß Dithyramben donnern.

Der du dort wandelst, ernsthaft und aufgeklärt,
Das Auge voll von weiser Zufriedenheit,
Die Lippe voll von feinem Scherz, (ihm
Horcht die Aufmerksamkeit deiner Freunde,

Ihm horcht entzückt die feinere Schäferin)
Schatten wer bist du? Ebert, izt neigt er sich

Fünftes Lied

Sahst du die Thräne, welche mein Herz vergoß,
Mein Ebert? Traurend lehn' ich auf dich mich hin.
Sing mir begeistert, als vom Dreyfuß,
Brittischen Ernst, daß ich froh wie du sey!

Doch jetzt auf Einmal wird mir das Auge hell!
Gesichten hell, und hell der Begeisterung!
Ich seh' in Wingolfs fernen Hallen
Tief in den schweigenden Dämmerungen,

Dort seh' ich langsam heilige Schatten gehn!
Nicht jene, die sich traurig von Sterbenden
Erheben, nein, die, in der Dichtkunst
Stund' und der Freundschaft, um Dichter schweben!

Sie führet, hoch den Flügel, Begeistrung her!
Verdeckt dem Auge, welches der Genius
Nicht schärft, siehst du sie, seelenvolles,
Ahndendes Auge des Dichters, du nur!

Drey Schatten kommen! neben den Schatten tönts
Wie Mimers Quelle droben vom Eichenhain
Mit Ungestüm herrauscht, und Weisheit
Lehret die horchenden Wiederhalle!

Wie aus der hohen Drüden Versamlungen,
Nach Braga's Telyn, nieder vom Opferfels,
Ins lange tiefe Thal der Waldschlacht,
Satzungenlos sich der Barden Lied stürzt!

Der du dort wandelst, ernstvoll und heiter doch,
Das Auge voll von weiser Zufriedenheit,
Die Lippe voll von Scherz; (Es horchen
Ihm die Bemerkungen deiner Freunde,

Ihm horcht entzückt die feinere Schäferin,)
Wer bist du, Schatten? Ebert! er neiget sich

Zu mir und lächelt! Ja er ist es.
Siehe, der Schatten, der ist mein Gärtner.

Du deinen Freunden liebster Quintilius,
Der unverstellten Warheit vertraulichster,
Ach komm doch, Gärtner, deinen Freunden
Ewig zurück. Doch du fliehst und lächelst.

Fleuch nicht mein Gärtner, fleuch nicht, du flohst ja nicht,
Als wir an jenen traurigen Abenden
Um dich vol Wehmuth still versammelt,
Da dich umarmten, und Abschied nahmen.

Die lezten Stunden, da du uns Abschied nahmst,
Der Abend soll mir festlich und heilig seyn!
Da lernt ich, Freund, wie sich die Edlen,
Wie sich die wenigen Edlen liebten.

Viel Abendstunden fasset die Nachwelt noch.
Lebt sie nicht einsam, Enkel, und heiligt sie
Der Freundschaft, wie sie eure Väter
Heiligten, und euch Exempel wurden.

In meinen Armen truncken und Weisheitsvol
Sprach Ebert: Evan, Evohe; Hagedorn!
Da komt er über Rebenþlättern
Muthig einher, wie Lyäus, Zevs Sohn.

Mein Herze bebt mir! Stürmend und ungestüm
Zittert die Freude durch mein Gebein dahin!
Evan! Mit deinem schweren Thyrsus,
Schone mit deinem gefüllten Weyhkelch.

Dich deckt als Jüngling eine Lyäerin,
Nicht Orpheus Feindin, weislich mit Reben zu!

(1747)

Zu mir, und lächelt. Ja er ist es!
Siehe der Schatten ist unser Gärtner!

Uns werth, wie Flakkus war sein Quintilius,
Der unverhüllten Wahrheit Vertraulichster,
Ach kehre, Gärtner, deinen Freunden
Ewig zurück! Doch du fliehest fern weg!

Fleuch nicht, mein Gärtner, fleuch nicht! du flohst ja nicht,
Als wir an jenen traurigen Abenden,
Um dich voll Wehmuth still versammelt,
Da dich umarmten, und Abschied nahmen!

Die letzten Stunden, welche du Abschied nahmst,
Der Abend soll mir festlich auf immer seyn!
Da lernt' ich, voll von ihrem Schmerze,
Wie sich die wenigen Edlen liebten!

Viel Mitternächte werden noch einst entfliehn.
Lebt sie nicht einsam, Enkel, und heiligt sie
Der Freundschaft, wie sie eure Väter
Heiligten, und euch Exempel wurden!

Sechstes Lied

In meinem Arme, freudig, und weisheitsvoll,
Sang Ebert: Evan, Evoe Hagedorn!
Da tritt er auf dem Rebenlaube
Muthig einher, wie Lyäus, Zeus Sohn!

Mein Herz entglühet! herschend und ungestüm
Bebt mir die Freude durch mein Gebein dahin!
Evan, mit deinem Weinlaubstabe
Schone mit deiner gefüllten Schale!

Ihn deckt' als Jüngling eine Lyäerin,
Nicht Orpheus Feindin, weislich mit Reben zu!

(Und dis war allen Waßertrinckern
Wunderbar, und die in Tälern wonen,

Wo Waßerbäch' und Brunnen die Fülle sind
Vom Weingebirgschen Schatten unabgekült)
So schliefst du sicher vor den Schwäzern,
Nicht ohne Götter ein muthger Jüngling.

Mit seinem Lorbeer hat dir auch Patareus
Und mit gemischten Myrthen dein Haupt umkränzt;
Wie Pfeile von dem goldnen Köcher
Tönet dein Lied, wie des Jünglings Pfeile

Schnell rauschend klangen, da der Unsterbliche
Nach Peneus Tochter durch die Gefilde flog:
Oft, wie der Satyrn Hohngelächter,
Da sie den Wald noch nicht laut durchlachten.

Zum Wein und Liedern wähnen dich Priester nur
Allein geboren; denn den Unwißenden
Sind die Geschäfte großer Selen
Unsichtbar stets und verdekt gewesen.

Dir schlägt ein männlich Herz auch, dein Leben ist
Viel süßgestimter, als ein unsterblich Lied.
Du bist in unsocratschen Zeiten
Wenigen Freunden ein theures Muster.

Er sprachs. Izt sah ich über den Altar her
Auf Opferwolcken Schlegeln in dichtrischen
Geweyhten Lorberschatten kommen
Und unerschöpflich, vertieft und ernsthaft

Um sich erschaffen. Werdet! Da wurden ihm
Lieder, die sah ich menschliche Bildungen

36   (1747)

Und dieß war allen Wassertrinkern
Wundersam, und die in Thälern wohnen,

In die des Wassers viel von den Hügeln her
Stürzt, und kein Weinberg längere Schatten streckt.
So schlief er, keinen Schwätzer fürchtend,
Nicht ohne Götter, ein kühner Jüngling.

Mit seinem Lorber hat dir auch Patareus
Und eingeflochtner Myrte das Haupt umkränzt!
Wie Pfeile von dem goldnen Köcher,
Tönet dein Lied, wie des Jünglings Pfeile

Schnellrauschend klangen, da der Unsterbliche
Nach Peneus Tochter durch die Gefilde flog!
Oft wie des Satyrs Hohngelächter,
Als er den Wald noch nicht laut durchlachte.

Zu Wein und Liedern wähnen die Thoren dich
Allein geschaffen. Denn den Unwissenden
Hat, was das Herz der Edlen hebet,
Stets sich in dämmernder Fern verloren!

Dir schlägt ein männlich Herz auch! Dein Leben tönt
Mehr Harmonieen, als ein unsterblich Lied!
In unsokratischem Jahrhundert
Bist du für wenige Freund' ein Muster!

Siebentes Lied

Er sang's. Jetzt sah ich fern in der Dämmerung
Des Hains am Wingolf Schlegeln aus dichtrischen
Geweihten Eichenschatten schweben,
Und in Begeistrung vertieft und ernstvoll,

Auf Lieder sinnen. Tönet! da töneten
Ihm Lieder, nahmen Geniusbildungen

(1767)

Annehmen, ihnen haucht er schaffend
Leben und Geist ein, und gieng betrachtend

Unter den Liedern, wie Berecynthia
Durch den Olympus hoch im Triumphe geht,
Wenn um sie ihre Kinder alle
Ringsum versamlet sind, lauter Götter.

Noch eins nur fehlt dir. Werd uns auch Despreaux,
Daß, wenn sie etwa zu uns vom Himmel kömt,
Die goldne Zeit, der Musen Hügel
Leer von undichtrischen Geistern da steh.

Komm, goldne Zeit, komm, die du die Sterblichen
Selten besuchest, komm, laß dich, Schöpferinn,
Laß, bestes Kind der Ewigkeiten,
Dich über uns mit verklärten Flügeln!

Tief vol Gedancken, voller Entzückungen,
Geht die Natur dir, Gottes Nachahmerin,
Schaffend zur Seiten, große Geister,
Wenige Götter der Welt zu bilden.

Natur, dich hört ich durchs Unermeßliche
Wandeln, so wie mit sphärischem Silberton
Gestirne, Dichtern nur vernommen,
Niedrigen Geistern unhörbar, wandeln.

Aus allen goldnen Altern begleiten dich,
Natur, die Dichter, Dichter des Alterthums,
Die großen neuen Dichter; segnend
Sehn sie ihr heilig Geschlecht hervor gehn.

Schnell an! In sie hatt' er der Dichtkunst
Flamme geströmt, aus der vollen Urne!

Noch Eins nur fehlt dir! falt' auch des Richters Stirn,
Daß, wenn zu uns sie etwa vom Himmel kömt
Die goldne Zeit, der Hain Thuiskons
Leer des undichtrischen Schwarmes schatte.

Achtes Lied

Kom, goldne Zeit, die selten zu Sterblichen
Heruntersteiget, laß dich erflehn, und kom
Zu uns, wo dir es schon im Haine
Weht, und herab von dem Quell schon tönet!

Gedankenvoller, tief in Entzückungen
Verloren, schwebt bey dir die Natur. Sie hat's
Gethan! hat Seelen, die sich fühlen,
Fliegen den Geniusflug, gebildet.

Natur, dich hört' ich im Unermeßlichen
Herwandeln, wie, mit Sphärengesangeston,
Argo, von Dichtern nur vernommen,
Strahlend im Meere der Lüfte wandelt.

Aus allen goldnen Zeiten begleiten dich,
Natur, die Dichter! Dichter des Alterthums!
Der späten Nachwelt Dichter! Segnend
Sehn sie ihr heilig Geschlecht hervorgehn.

AN GISEKE

(1748)

Geh! ich reiße mich los, obgleich die männliche Tugend
    Nicht die Thräne verbeut,
Geh! ich weine nicht, Freund. Ich müßte mein Leben
                        durchweinen,

    Weint' ich dir, Giseke, nach!
Denn so werden sie alle dahin gehn, jeder den andern
    Traurend verlassen, und fliehn.
Also trennet der Tod gewählte Gatten! der Mann kam
    Seufzend im Ozean um,
Sie am Gestad, wo von Todtengeripp, und Scheiter, und
                        Meersand

    Stürme das Grab ihr erhöhn.
So liegt Miltons Gebein von Homers Gebeine gesondert,
    Und der Zypresse verweht
Ihre Klag' an dem Grabe des Einen, und komt nicht hinüber
    Nach des Anderen Gruft.
So schrieb unser aller Verhängniß auf eherne Tafeln
    Der im Himmel, und schwieg.
Was der Hocherhabene schrieb, verehr' ich in Staube,
    Weine gen Himmel nicht auf.
Geh, mein Theurer! Es letzen vielleicht sich unsere Freunde
    Auch ohne Thränen mit dir;
Wenn nicht Thränen die Seele vergießt, unweinbar dem
                        Fremdling

    Sanftes edles Gefühls.
Eile zu Hagedorn hin, und hast du genung ihn umarmet,
    Ist die erste Begier,
Euch zu sehen, gestillt, sind alle Thränen der Freude
    Weggelächelt entflohn,
Giseke, sag' ihm alsdann, nach drey genossenen Tagen,
    Daß ich ihn liebe, wie du!

AN EBERT

(1748)

Ebert, mich scheucht ein trüber Gedanke vom blinkenden
                                                    Weine
    Tief in die Melancholey!
Ach du redest umsonst, vordem gewaltiges Kelchglas,
    Heitre Gedanken mir zu!
Weggehn muß ich, und weinen! vielleicht, daß die lindernde
                                                    Thräne
    Meinen Gram mir verweint.
Lindernde Thränen, euch gab die Natur dem menschlichen
                                                    Elend
    Weis' als Gesellinnen zu.
Wäret ihr nicht, und könnte der Mensch sein Leiden nicht
                                                    weinen;
    Ach! wie ertrüg' er es da!
Weggehn muß ich, und weinen! Mein schwermuthsvoller
                                                    Gedanke
    Bebt noch gewaltig in mir.
Ebert! sind sie nun alle dahin! deckt unsere Freunde
    Alle die heilige Gruft;
Und sind wir, zween Einsame, dann von allen noch übrig!
    Ebert! verstummst du nicht hier?
Sieht dein Auge nicht trüb' um sich her, nicht starr ohne
                                                    Seele?
    So erstarb auch mein Blick!
So erbeb' ich, als mich von allen Gedanken der bängste
    Donnernd das erstemal traf!
Wie du einen Wanderer, der, zueilend der Gattin,
    Und dem gebildeten Sohn,
Und der blühenden Tochter, nach ihrer Umarmung schon
                                                    hinweint,
    Du den, Donner, ereilst,
Tödtend ihn fassest, und ihm das Gebein zu fallendem Staube
    Machst, triumphirend alsdann
Wieder die hohe Wolke durchwandelst; so traf der Gedanke

Meinen erschütterten Geist,
Daß mein Auge sich dunkel verlor, und das bebende Knie
                                         mir
    Kraftlos zittert', und sank.
Ach, in schweigender Nacht, ging mir die Todtenerscheinung,
    Unsre Freunde, vorbey!
Ach in schweigender Nacht erblickt' ich die offenen Gräber,
    Und der Unsterblichen Schaar!
Wenn mir nicht mehr das Auge des zärtlichen Giseke lächelt!
Wenn, von der Radikin fern,
Unser redlicher Cramer verwest! wenn Gärtner, wenn
                                         Rabner
    Nicht sokratisch mehr spricht!
Wenn in des edelmüthigen Gellert harmonischem Leben
    Jede Saite verstummt!
Wenn, nun über der Gruft, der freye gesellige Rothe
    Freudegenossen sich wählt!
Wenn der erfindende Schlegel aus einer längern Verbannung
    Keinem Freunde mehr schreibt!
Wenn in meines geliebtesten Schmidts Umarmung mein Auge
    Nicht mehr Zärtlichkeit weint!
Wenn sich unser Vater zur Ruh, sich Hagedorn hinlegt;
    Ebert, was sind wir alsdann,
Wir Geweihten des Schmerzes, die hier ein trüberes Schicksal
    Länger, als Alle sie ließ?
Stirbt dann auch einer von uns; (mich reißt mein banger
                                         Gedanke
    Immer nächtlicher fort!)
Stirbt dann auch Einer von uns, und bleibt nur Einer noch
                                         übrig;
    Bin der Eine dann ich;
Hat mich dann auch die schon geliebt, die künftig mich liebet,
    Ruht auch sie in der Gruft;
Bin dann ich der Einsame, bin allein auf der Erde:
    Wirst du, ewiger Geist,
Seele zur Freundschaft erschaffen, du dann die leeren Tage
    Sehn, und fühlend noch seyn?

Oder wirst du betäubt zu Nächten sie wähnen und
                                    schlummern,
  Und gedankenlos ruhn?
Aber du könntest ja auch erwachen, dein Elend zu fühlen,
  Leidender, ewiger Geist.
Rufe, wenn du erwachst, das Bild von dem Grabe der
                                    Freunde,
  Das nur rufe zurück!
O ihr Gräber der Todten! ihr Gräber meiner Entschlafnen!
  Warum liegt ihr zerstreut?
Warum lieget ihr nicht in blühenden Thalen beysammen?
  Oder in Hainen vereint?
Leitet den sterbenden Greis! Ich will mit wankendem Fuße
  Gehn, auf jegliches Grab
Eine Zypresse pflanzen, die noch nicht schattenden Bäume
  Für die Enkel erziehn,
Oft in der Nacht auf biegsamen Wipfeln die himlische
                                    Bildung
  Meiner Unsterblichen sehn,
Zitternd gen Himmel erheben mein Haupt, und weinen,
                                    und sterben!
  Senket den Todten dann ein
Bey dem Grabe, bey dem er starb! nim dann, o Verwesung!
  Meine Thränen, und mich!
Finstrer Gedanke, laß ab! laß ab in die Seele zu donnern!
  Wie die Ewigkeit ernst,
Furchtbar, wie das Gericht, laß ab! die verstummende Seele
  Faßt dich, Gedanke, nicht mehr!

AN BODMER

(1750)

Der die Schickungen lenkt, heißet den frömsten Wunsch,
    Mancher Seligkeit goldnes Bild
Oft verwehen, und ruft da Labyrinth hervor,
    Wo ein Sterblicher gehen will.
In die Fernen hinaus sieht, der Unendlichkeit
    Uns unsichtbaren Schauplatz, Gott!
Ach, sie finden sich nicht, die für einander doch,
    Und zur Liebe geschaffen sind.
Jetzo trennet die Nacht fernerer Himmel sie,
    Jetzo lange Jahrhunderte.
Niemals sah dich mein Blick, Sokrates Addison,
    Niemals lehrte dein Mund mich selbst.
Niemals lächelte mir Singer, der Lebenden
    Und der Todten Vereinerin.
Auch dich werd' ich nicht sehn, der du in jener Zeit,
    Wenn ich lange gestorben bin,
Für das Herz mir gemacht, und mir der ähnlichste,
    Nach mir einmal verlangen wirst,
Auch dich werd' ich nicht sehn, wie du dein Leben lebst,
    Werd' ich einst nicht dein Genius.
Also ordnet es Gott, der in die Fernen sieht,
    Tiefer hin ins Unendliche!
Oft erfüllet er auch, was sich das zitternde
    Volle Herz nicht zu wünschen wagt.
Wie von Träumen erwacht, sehn wir dann unser Glück,
    Sehns mit Augen, und glaubens kaum.
Also freuet' ich mich, da ich das erstemal
    Bodmers Armen entgegen kam.

DER ZÜRCHERSEE

(1750)

Schön ist, Mutter Natur, deiner Erfindung Pracht
Auf die Fluren verstreut, schöner ein froh Gesicht,
Das den großen Gedanken
Deiner Schöpfung noch Einmal denkt.

Von des schimmernden Sees Traubengestaden her,
Oder, flohest du schon wieder zum Himmel auf,
Kom in röthendem Strale
Auf dem Flügel der Abendluft,

Kom, und lehre mein Lied jugendlich heiter seyn,
Süße Freude, wie du! gleich dem beseelteren
Schnellen Jauchzen des Jünglings,
Sanft, der fühlenden Fanny gleich.

Schon lag hinter uns weit Uto, an dessen Fuß
Zürch in ruhigem Thal freye Bewohner nährt;
Schon war manches Gebirge
Voll von Reben vorbeygeflohn.

Jetzt entwölkte sich fern silberner Alpen Höh,
Und der Jünglinge Herz schlug schon empfindender,
Schon verrieth es beredter
Sich der schönen Begleiterin.

„Hallers Doris", die sang, selber des Liedes werth,
Hirzels Daphne, den Kleist innig wie Gleimen liebt;
Und wir Jünglinge sangen,
Und empfanden, wie Hagedorn.

Jetzo nahm uns die Au in die beschattenden
Kühlen Arme des Walds, welcher die Insel krönt;
Da, da kamest du, Freude!
Volles Maßes auf uns herab!

Göttin Freude, du selbst! dich, wir empfanden dich!
Ja, du warest es selbst, Schwester der Menschlichkeit,
Deiner Unschuld Gespielin,
Die sich über uns ganz ergoß!

Süß ist, fröhlicher Lenz, deiner Begeistrung Hauch,
Wenn die Flur dich gebiert, wenn sich dein Odem sanft
In der Jünglinge Herzen,
Und die Herzen der Mädchen gießt.

Ach du machst das Gefühl siegend, es steigt durch dich
Jede blühende Brust schöner, und bebender,
Lauter redet der Liebe
Nun entzauberter Mund durch dich!

Lieblich winket der Wein, wenn er Empfindungen,
Beßre sanftere Lust, wenn er Gedanken winkt,
Im sokratischen Becher
Von der thauenden Ros' umkränzt;

Wenn er dringt bis ins Herz, und zu Entschließungen,
Die der Säufer verkennt, jeden Gedanken weckt,
Wenn er lehret verachten,
Was nicht würdig des Weisen ist.

Reizvoll klinget des Ruhms lockender Silberton
In das schlagende Herz, und die Unsterblichkeit
Ist ein großer Gedanke,
Ist des Schweisses der Edlen werth!

Durch der Lieder Gewalt, bey der Urenkelin
Sohn und Tochter noch seyn; mit der Entzückung Ton
Oft beym Namen genennet,
Oft gerufen vom Grabe her,

Dann ihr sanfteres Herz bilden, und, Liebe, dich,
Fromme Tugend, dich auch gießen ins sanfte Herz,

Ist, beym Himmel! nicht wenig!
Ist des Schweisses der Edlen werth!

Aber süßer ist noch, schöner und reizender,
In dem Arme des Freunds wissen ein Freund zu seyn!
So das Leben genießen,
Nicht unwürdig der Ewigkeit!

Treuer Zärtlichkeit voll, in den Umschattungen,
In den Lüften des Walds, und mit gesenktem Blick
Auf die silberne Welle,
That ich schweigend den frommen Wunsch:

Wäret ihr auch bey uns, die ihr mich ferne liebt,
In des Vaterlands Schooß einsam von mir verstreut,
Die in seligen Stunden
Meine suchende Seele fand;

O so bauten wir hier Hütten der Freundschaft uns!
Ewig wohnten wir hier, ewig! Der Schattenwald
Wandelt' uns sich in Tempe,
Jenes Thal in Elysium!

Oden an Cidli

FURCHT DER GELIEBTEN
(1752)

Cidli, du weinest, und ich schlumre sicher,
Wo im Sande der Weg verzogen fortschleicht;
Auch wenn stille Nacht ihn umschattend decket,
Schlumr' ich ihn sicher.

Wo er sich endet, wo ein Strom das Meer wird,
Gleit' ich über den Strom, der sanfter aufschwillt;
Denn, der mich begleitet, der Gott gebots ihm!
Weine nicht, Cidli.

AN SIE
(1752)

Zeit, Verkündigerin der besten Freuden,
Nahe selige Zeit, dich in der Ferne
Auszuforschen, vergoß ich
Trübender Thränen zu viel!

Und doch komst du! O dich, ja Engel senden,
Engel senden dich mir, die Menschen waren,
Gleich mir liebten, nun lieben
Wie ein Unsterblicher liebt.

Auf den Flügeln der Ruh, in Morgenlüften,
Hell vom Thaue des Tags, der höher lächelt,
Mit dem ewigen Frühling,
Komst du den Himmel herab.

Denn sie fühlet sich ganz, und gießt Entzückung
In dem Herzen empor die volle Seele,
Wenn sie, daß sie geliebt wird,
Trunken von Liebe, sichs denkt!

IHR SCHLUMMER
(1752)

Sie schläft. O gieß ihr, Schlummer, geflügeltes
Balsamisch Leben über ihr sanftes Herz!
Aus Edens ungetrübter Quelle
Schöpfe den lichten, krystallnen Tropfen!

Und laß ihn, wo der Wange die Röth' entfloh,
Dort duftig hinthaun! Und du, o bessere,
Der Tugend und der Liebe Ruhe,
Grazie deines Olymps, bedecke

Mit deinem Fittig Cidli. Wie schlummert sie,
Wie stille! Schweig, o leisere Saite selbst!
Es welket dir dein Lorbersprößling,
Wenn aus dem Schlummer du Cidli lispelst!

AN CIDLI
(1752)

Unerforschter, als sonst etwas den Forscher täuscht,
    Ist ein Herz, das die Lieb' empfand,
Sie, die wirklicher Werth, nicht der vergängliche
    Unsers dichtenden Traums gebahr,
Jene trunkene Lust, wenn die erweinete,
    Fast zu selige Stunde komt,
Die dem Liebenden sagt, daß er geliebet wird!

Und zwo bessere Seelen nun
Ganz, das erstemal ganz, fühlen, wie sehr sie sind!
   Und wie glücklich! wie ähnlich sich!
Ach, wie glücklich dadurch! Wer der Geliebten spricht
   Diese Liebe mit Worten aus?
Wer mit Thränen? und wer mit dem verweilenden
   Vollen Blick, und der Seele drin?
Selbst das Trauren ist süß, das sie verkündete,
   Eh die selige Stunde kam!
Wenn dieß Trauren umsonst Eine verkündete;
   O dann wählte die Seele falsch,
Und doch würdig! Das webt keiner der Denker auf,
   Was vor Irren sie damals ging!
Selbst der kennt sie nicht ganz, welcher sie wandelte,
   Und verspäht sich nur weniger.
Leise redets darin: Weil du es würdig warst,
   Daß du liebtest, so lehrten wir
Dich die Liebe. Du kennst alle Verwandlungen
   Ihres mächtigen Zauberstabs!
Ahm den Weisen nun nach: Handle! die Wissenschaft,
   Sie nur, machte nie Glückliche!
Ich gehorche. Das Thal, (Eden nur schattete,
   Wie es schatte,) der Lenz im Thal
Weilt dich! Lüfte, wie die, welche die Himlischen
   Sanft umathmen, umathmen dich!
Rosen knospen dir auf, daß sie mit süßem Duft
   Dich umströmen! dort schlummerst du!
Wach, ich werfe sie dir leis' in die Locken hin,
   Wach vom Thaue der Rosen auf.
Und (noch bebt mir mein Herz, lange daran verwöhnt,)
   Und o wache mir lächelnd auf!

GEGENWART DER ABWESENDEN

(1753)

Der Liebe Schmerzen, nicht der erwartenden
Noch ungeliebten, die Schmerzen nicht,
Denn ich liebe, so liebe
Keiner! so werd ich geliebt!

Die sanftern Schmerzen, welche zum Wiedersehn
Hinblicken, welche zum Wiedersehn
Tief aufathmen, doch lispelt
Stammelnde Freude mit auf!

Die Schmerzen wollt ich singen. Ich hörte schon
Des Abschieds Thränen am Rosenbusch
Weinen! weinen der Thränen
Stimme die Saiten herab!

Doch schnell verbot ich meinem zu leisen Ohr
Zurück zu horchen! die Zähre schwieg,
Und schon waren die Saiten
Klage zu singen verstumt!

Denn ach, ich sah dich! trank die Vergessenheit
Der süßen Täuschung mit feurigem
Durste! Cidli, ich sahe
Dich, du Geliebte! dich Selbst!

Wie standst du vor mir, Cidli, wie hing mein Herz
An deinem Herzen, Geliebtere,
Als die Liebenden lieben!
O die ich suchet', und fand!

DAS ROSENBAND

(1753)

Im Frühlingsschatten fand ich Sie;
Da band ich Sie mit Rosenbändern:
Sie fühlt' es nicht, und schlummerte.

Ich sah Sie an; mein Leben hing
Mit diesem Blick' an Ihrem Leben:
Ich fühlt' es wohl, und wußt' es nicht.

Doch lispelt' ich Ihr sprachlos zu,
Und rauschte mit den Rosenbändern:
Da wachte Sie vom Schlummer auf.

Sie sah mich an; Ihr Leben hing
Mit diesem Blick' an meinem Leben,
Und um uns ward's Elysium.

Religiöse Hymnen

DEM ALLGEGENWÄRTIGEN

(1758)

Da du mit dem Tode gerungen, mit dem Tode,
Heftiger du gebetet hattest,
Da dein Schweiß und dein Blut
Auf die Erde geronnen war;

In dieser ernsten Stunde
Thatest du jene große Wahrheit kund,
Die Wahrheit seyn wird
So lang die Hülle der ewigen Seele Staub ist.

Du standest, und sprachst
Zu den Schlafenden:
Willig ist eure Seele,
Aber das Fleisch ist schwach!

Dieser Endlichkeit Loos, die Schwere der Erde
Fühlet auch meine Seele,
Wenn sie zu Gott, zu dem Unendlichen
Sich erheben will.

Anbetend, Vater, sink' ich in den Staub, und fleh,
Vernim mein Flehn, die Stimme des Endlichen,
Gieb meiner Seel' ihr wahres Leben,
Daß sie zu dir sich, zu dir erhebe!

Allgegenwärtig, Vater,
Schließest du mich ein!
Steh hier, Betrachtung, still, und forsche
Diesem Gedanken der Wonne nach.

Was wird das Anschaun seyn, wenn der Gedank' an dich,
Allgegenwärtiger! schon Kräfte jener Welt hat!

Was wird es seyn dein Anschaun,
Unendlicher! o du Unendlicher!

Das sah kein Auge, das hörte kein Ohr,
Das kam in keines Herz, wie sehr es auch rang,
Wie es auch nach Gott, nach Gott,
Nach dem Unendlichen dürstete;

Kam es doch in keines Menschen Herz,
Nicht in das Herz deß, welcher Sünder
Und Erd', und bald ein Todter ist,
Was denen Gott, die ihn lieben, bereitet hat.

Wenige nur, ach wenige sind,
Deren Aug' in der Schöpfung
Den Schöpfer sieht! wenige, deren Ohr
Ihn in dem mächtigen Rauschen des Sturmwinds hört,

Im Donner, der rollt, oder im lispelnden Bache,
Unerschafner! dich vernimt,
Weniger Herzen erfüllt, mit Ehrfurcht und Schauer,
Gottes Allgegenwart!

Laß mich im Heiligthume
Dich, Allgegenwärtiger,
Stets suchen, und finden! und ist
Er mir entflohn, dieser Gedanke der Ewigkeit;

Laß mich ihn tiefanbetend
Von den Chören der Seraphim,
Ihn, mit lauten Thränen der Freude,
Herunter rufen!

Damit ich, dich zu schaun,
Mich bereite, mich weihe,
Dich zu schaun
In dem Allerheiligsten!

Ich hebe mein Aug' auf, und seh,
Und siehe der Herr ist überall!
Erd', aus deren Staube
Der erste der Menschen geschaffen ward;

Auf der ich mein erstes Leben lebe,
In der ich verwesen werde,
Und auferstehen aus der!
Gott würdigt auch dich, dir gegenwärtig zu seyn.

Mit heiligem Schauer,
Brech' ich die Blum' ab;
Gott machte sie,
Gott ist, wo die Blum' ist.

Mit heiligem Schauer, fühl' ich der Lüfte Wehn,
Hör' ich ihr Rauschen! es hieß sie wehn und rauschen
Der Ewige! Der Ewige
Ist, wo sie säuseln, und wo der Donnersturm die Ceder stürzt.

Freue dich deines Todes, o Leib!
Wo du verwesen wirst,
Wird Er seyn,
Der Ewige!

Freue dich deines Todes, o Leib! in den Tiefen der Schöpfung,
In den Höhn der Schöpfung, wird deine Trümmer verwehn!
Auch dort, verwester, verstäubter, wird Er seyn,
Der Ewige!

Die Höhen werden sich bücken!
Die Tiefen sich bücken,
Wenn der Allgegenwärtige nun
Wieder aus Staub' Unsterbliche schaft.

Werfet die Palmen, Vollendete! nieder, und die Kronen!
Halleluja dem Schaffenden,
Dem Tödtenden Halleluja!
Halleluja dem Schaffenden!

Ich hebe mein Aug' auf, und seh,
Und siehe der Herr ist überall!
Sonnen, euch, und o Erden, euch Monde der Erden,
Erfüllet, rings um mich, des Unendlichen Gegenwart!

Nacht der Welten, wie wir in dem dunkeln Worte schaun
Den, der ewig ist!
So schaun wir in dir, geheimnißvolle Nacht,
Den, der ewig ist!

Hier steh ich Erde! was ist mein Leib,
Gegen diese selbst den Engeln unzählbare Welten,
Was sind diese selbst den Engeln unzählbare Welten,
Gegen meine Seele!

Ihr, der unsterblichen, ihr, der erlösten
Bist du näher, als den Welten!
Denn sie denken, sie fühlen
Deine Gegenwart nicht.

Mit stillem Ernste dank' ich dir,
Wenn ich sie denke!
Mit Freudenthränen, mit namloser Wonne,
Dank' ich, o Vater! dir, wenn ich sie fühle!

Augenblicke deiner Erbarmungen,
O Vater, sinds, wenn du das himmelvolle Gefühl
Deiner Allgegenwart
Mir in die Seele strömst.

Ein solcher Augenblick,
Allgegenwärtiger,
Ist ein Jahrhundert
Voll Seligkeit!

Meine Seele dürstet!
Wie nach der Auferstehung verdorrtes Gebein,
So dürstet meine Seele
Nach diesen Augenblicken deiner Erbarmungen!

Ich liege vor dir auf meinem Angesicht;
O läg' ich, Vater, noch tiefer vor dir,
Gebückt in dem Staube
Der untersten der Welten!

Du denkst, du empfindest,
O du, die seyn wird,
Die höher denken,
Die seliger wird empfinden!

O die du anschaun wirst!
Durch wen, o meine Seele?
Durch den, unsterbliche,
Der war! und der ist! und der seyn wird!

Du, den Worte nicht nennen,
Deine noch ungeschaute Gegenwart
Erleucht', und erhebe jeden meiner Gedanken!
Leit ihn, Unerschafner, zu dir!

Deiner Gottheit Gegenwart
Entflamm', und beflügle
Jede meiner Empfindungen!
Leite sie, Unerschafner, zu dir!

Wer bin ich, o Erster!
Und wer bist du!
Stärke, kräftige, gründe mich,
Daß ich auf ewig dein sey!

Ohn' ihn, der mich gelehrt, sich geopfert hat
Für mich, könt' ich nicht dein seyn!
Ohn' ihn wär der Gedanke deiner Gegenwart
Grauen mir vor dem allmächtigen Unbekanten!

Erd' und Himmel vergehn;
Deine Verheißungen, Göttlicher, nicht!
Von dem ersten Gefallenen an
Bis zu dem letzten Erlösten,

Den die Posaune der Auferstehung
Wandeln wird,
Bist bey den Deinen du gewesen!
Wirst du bey den Deinen seyn!

In die Wunden deiner Hände legt' ich meine Finger nicht;
In die Wunde deiner Seite
Legt' ich meine Hand nicht;
Aber du bist mein Herr, und mein Gott!

(DIE FRÜHLINGSFEIER, 1. FASSUNG)

(1759)

Nicht in den Ocean
Der Welten alle
Will ich mich stürzen!
Nicht schweben, wo die ersten Erschafnen,
Wo die Jubelchöre der Söhne des Lichts
Anbeten, tief anbeten,
Und in Entzückung vergehn!

Nur um den Tropfen am Eimer,
Um die Erde nur, will ich schweben,
Und anbeten!

Halleluja! Halleluja!
Auch der Tropfen am Eimer
Rann aus der Hand des Allmächtigen!

Da aus der Hand des Allmächtigen
Die grössern Erden quollen,
Da die Ströme des Lichts
Rauschten, und Orionen wurden;
Da rann der Tropfen
Aus der Hand des Allmächtigen!

DIE FRÜHLINGSFEYER
(1759/71)

Nicht in den Ozean der Welten alle
Will ich mich stürzen! schweben nicht,
Wo die ersten Erschaffnen, die Jubelchöre der Söhne des
                                              Lichts,
Anbeten, tief anbeten! und in Entzückung vergehn!

Nur um den Tropfen am Eimer,
Um die Erde nur, will ich schweben, und anbeten!
Halleluja! Halleluja! Der Tropfen am Eimer
Rann aus der Hand des Allmächtigen auch!

Da der Hand des Allmächtigen
Die größeren Erden entquollen!
Die Ströme des Lichts rauschten, und Siebengestirne wurden,
Da entrannest du, Tropfen, der Hand des Allmächtigen!

Wer sind die tausendmal tausend,
Die myriadenmal hundert tausend,
Die den Tropfen bewohnen?
Und bewohnten?
Wer bin ich?
Halleluja dem Schaffenden!
Mehr, als die Erden, die quollen!
Mehr, als die Orionen,
Die aus Strahlen zusammenströmten!

Aber, du Frühlingswürmchen,
Das grünlichgolden
Neben mir spielt,
Du lebst;
Und bist, vielleicht – –
Ach, nicht unsterblich!

Ich bin herausgegangen,
Anzubeten;
Und ich weine?

Vergieb, vergieb dem Endlichen
Auch diese Thränen,
O du, der seyn wird!

Du wirst sie alle mir enthüllen
Die Zweifel alle
O du, der mich durchs dunkle Thal
Des Todes führen wird!

Dann werd ich es wissen:
Ob das goldne Würmchen
Eine Seele hatte?

Da ein Strom des Lichts rauscht', und unsre Sonne wurde!
Ein Wogensturz sich stürzte wie vom Felsen
Der Wolk' herab, und den Orion gürtete,
Da entrannest du, Tropfen, der Hand des Allmächtigen!

Wer sind die tausendmal tausend, wer die Myriaden alle,
Welche den Tropfen bewohnen, und bewohnten? und wer
                                    bin ich?
Halleluja dem Schaffenden! mehr wie die Erden, die
                                    quollen!
Mehr, wie die Siebengestirne, die aus Strahlen zusammen-
                                  strömten!

Aber du Frühlingswürmchen,
Das grünlichgolden neben mir spielt,
Du lebst; und bist vielleicht
Ach nicht unsterblich!

Ich bin heraus gegangen anzubeten,
Und ich weine? Vergieb, vergieb
Auch diese Thräne dem Endlichen,
O du, der seyn wird!

Du wirst die Zweifel alle mir enthüllen,
O du, der mich durch das dunkle Thal
Des Todes führen wird! Ich lerne dann,
Ob eine Seele das goldene Würmchen hatte.

Warest du nur gebildeter Staub,
Würmchen, so werde denn
Wieder verfliegender Staub,
Oder was sonst der Ewige will!

Ergeuß von neuem, du mein Auge,
Freudenthränen!
Du, meine Harfe,
Preise den Herrn!

Umwunden, wieder von Palmen umwunden
Ist meine Harfe!
Ich singe dem Herrn!

Hier steh ich.
Rund um mich ist Alles Allmacht!
Ist Alles Wunder!

Mit tiefer Ehrfurcht,
Schau ich die Schöpfung an!
Denn Du,
Namenlosester, Du!
Erschufst sie!

Lüfte, die um mich wehn,
Und süsse Kühlung
Auf mein glühendes Angesicht giessen,
Euch, wunderbare Lüfte,
Sendet der Herr? Der Unendliche?

Aber itzt werden sie still; kaum athmen sie!
Die Morgensonne wird schwül!
Wolken strömen herauf!
Das ist sichtbar der Ewige,
Der kömmt!
Nun fliegen, und wirbeln, und rauschen die Winde!
Wie beugt sich der bebende Wald!

(1759)

Bist du nur gebildeter Staub,
Sohn des Mays, so werde denn
Wieder verfliegender Staub,
Oder was sonst der Ewige will!

Ergeuß von neuem du, mein Auge,
Freudenthränen!
Du, meine Harfe,
Preise den Herrn!

Umwunden wieder, mit Palmen
Ist meine Harf' umwunden! ich singe dem Herrn!
Hier steh ich. Rund um mich
Ist Alles Allmacht! und Wunder Alles!

Mit tiefer Ehrfurcht schau ich die Schöpfung an,
Denn Du!
Namenloser, Du!
Schufest sie!

Lüfte, die um mich wehn, und sanfte Kühlung
Auf mein glühendes Angesicht hauchen,
Euch, wunderbare Lüfte,
Sandte der Herr! der Unendliche!

Aber jetzt werden sie still, kaum athmen sie.
Die Morgensonne wird schwül!
Wolken strömen herauf!
Sichtbar ist, der komt, der Ewige!

Nun schweben sie, rauschen sie, wirbeln die Winde!
Wie beugt sich der Wald! wie hebt sich der Strom!

(1759/71)

Wie hebt sich der Strom!
Sichtbar, wie du es Sterblichen seyn kannst,
Ja, das bist du sichtbar, Unendlicher!

Der Wald neigt sich!
Der Strom flieht!
Und ich falle nicht auf mein Angesicht?

Herr! Herr! Gott! barmherzig! und gnädig!
Du Naher!
Erbarme dich meiner!

Zürnest du, Herr, weil Nacht dein Gewand ist?
Diese Nacht ist Seegen der Erde!
Du zürnest nicht, Vater!
Sie kömmt, Erfrischung auszuschütten
Ueber den stärkenden Halm!
Ueber die herzerfreuende Traube!
Vater! Du zürnest nicht!

Alles ist stille vor dir, du Naher!
Ringsum ist Alles stille!
Auch das goldne Würmchen merkt auf!
Ist es vielleicht nicht seelenlos?
Ist es unsterblich?

Ach vermöcht ich dich, Herr, wie ich dürste, zu preisen!
Immer herrlicher offenbarst du dich!
Immer dunkler wird, Herr, die Nacht um dich!
Und voller von Seegen!

Seht ihr den Zeugen des Nahen, den zückenden Blitz?
Hört ihr den Donner Jehovah?
Hört ihr ihn?
Hört ihr ihn?
Den erschütternden Donner des Herrn?

(1759)

Sichtbar, wie du es Sterblichen seyn kanst,
Ja, das bist du, sichtbar, Unendlicher!

Der Wald neigt sich, der Strom fliehet, und ich
Falle nicht auf mein Angesicht?
Herr! Herr! Gott! barmherzig und gnädig!
Du Naher! erbarme dich meiner!

Zürnest du, Herr,
Weil Nacht dein Gewand ist?
Diese Nacht ist Segen der Erde.
Vater, du zürnest nicht!

Sie komt, Erfrischung auszuschütten,
Über den stärkenden Halm!
Über die herzerfreuende Traube!
Vater, du zürnest nicht!

Alles ist still vor dir, du Naher!
Rings umher ist Alles still!
Auch das Würmchen mit Golde bedeckt, merkt auf!
Ist es vielleicht nicht seelenlos? ist es unsterblich?

Ach, vermöcht' ich dich, Herr, wie ich dürste, zu preisen!
Immer herlicher offenbarest du dich!
Immer dunkler wird die Nacht um dich,
Und voller von Segen!

Seht ihr den Zeugen des Nahen den zückenden Strahl?
Hört ihr Jehova's Donner?
Hört ihr ihn? hört ihr ihn,
Den erschütternden Donner des Herrn?

(1759/71)

Herr! Herr! Gott! barmherzig und gnädig!
Angebetet, gepriesen
Sey dein herrlicher Name!

Und die Gewitterwinde? Sie tragen den Donner!
Wie sie rauschen! Wie sie die Wälder durchrauschen!
Und nun schweigen sie! Majestätischer
Wandeln die Wolken herauf!

Seht ihr den neuen Zeugen des Nahen,
Seht ihr den fliegenden Blitz?
Hört ihr, hoch in den Wolken, den Donner des Herrn?
Er ruft Jehovah!
Jehovah!
Jehovah!
Und der gesplitterte Wald dampft!

Aber nicht unsre Hütte!
Unser Vater gebot
Seinem Verderber
Vor unsrer Hütte vorüberzugehn!

Ach schon rauschet, schon rauschet
Himmel und Erde vom gnädigen Regen!
Nun ist, wie dürstete sie! Die Erd erquickt,
Und der Himmel der Fülle des Seegens entladen!

Siehe, nun kömmt Jehovah nicht mehr im Wetter!
Im stillen, sanften Säuseln
Kömmt Jehovah!
Und unter ihm neigt sich der Bogen des Friedens.

(1759)

Herr! Herr! Gott!
Barmherzig, und gnädig!
Angebetet, gepriesen
Sey dein herlicher Name!

Und die Gewitterwinde? sie tragen den Donner!
Wie sie rauschen! wie sie mit lauter Woge den Wald durch-
                                  strömen!
Und nun schweigen sie. Langsam wandelt
Die schwarze Wolke.

Seht ihr den neuen Zeugen des Nahen, den fliegenden
                                  Strahl?
Höret ihr hoch in der Wolke den Donner des Herrn?
Er ruft: Jehova! Jehova!
Und der geschmetterte Wald dampft!

Aber nicht unsre Hütte!
Unser Vater gebot
Seinem Verderber,
Vor unsrer Hütte vorüberzugehn!

Ach, schon rauscht, schon rauscht
Himmel, und Erde vom gnädigen Regen!
Nun ist, wie dürstete sie! die Erd' erquickt,
Und der Himmel der Segensfüll' entlastet!

Siehe, nun komt Jehova nicht mehr im Wetter,
In stillem, sanftem Säuseln
Komt Jehova,
Und unter ihm neigt sich der Bogen des Friedens!

(1759/71)

DIE GLÜCKSELIGKEIT ALLER

(1759)

Ich legte meine Hand auf den Mund, und schwieg
Vor Gott!
Jetzt nehm' ich die Harfe wieder aus dem Staub' auf,
Und lasse vor Gott, vor Gott sie erschallen!

Wenn dem Tage der Garben zu reifen,
Gesät ist meine Saat;
Wenn gepflanzt in dem Himmel ist meine Seele,
Zu wachsen zur Zeder Gottes;

Wenn ich erkenne,
Wie ich erkennet werde!
Schwinge dich über diese Höhe, mein Flug, empor!
Wenn ich liebe, wie ich geliebet werde!

Von Gott geliebet!
Anbetung, Anbetung, von Gott!
Ach dann! allein wie vermag ich es hier
Nur fern zu empfinden!

Was ist es in mir, daß ich so endlich bin?
Und dennoch weniger endlich zu seyn!
Dürste mit diesem heissen Durste?
Das ist es in mir: Einst werd' ich weniger endlich seyn.

Wie herlich sind, Gott, vor mir deine Gedanken!
Wie zahllos sind sie! Wollt' ich sie zählen;
Ach ihrer würde mehr, wie des Sandes am Meere seyn!
Einer von ihnen ist: Einst bin ich weniger endlich!

O Hofnung, Hofnung, dem Himmel nah,
Vorschmack der künftigen Welt!
Hier schon hebest du meine Seele
Über ihrer jetzigen Endlichkeit Schranken!

Du Durst, du heisses Verlangen meines müden Herzens,
Mein Herr und mein Gott!
Preisen, preisen will ich deinen herlichen Namen!
Lobsingen, lobsingen deinem herlichen Namen!

Wenn begann er? und wo ist er?
Der, wie Gott, würdig meiner Liebe sey!
Die Ewigkeiten, die Welten all' herunter
Ist keiner!

Quell des Heils! ewiger Quell ewiges Heils!
Welcher Entwurf von Seligkeiten,
Für alle, welche nicht fielen!
Und für alle, die fielen!

Tausendarmiger Strom, der herab durch das große Labyrinth
                                        strömt:
Reicher Geber der Seligkeiten!
Sie gebären Seligkeiten!
Einst gebiert das Elend auch!

Pfeiler, auf dem einst Freuden ohne Zahl ruhn,
Du stehst auf der Erd', o Elend!
Und reichest bis in den Himmel!
Auch um dich strömet der ewige Strom!

Gott, du bist Vater der Wesen
Nicht nur, daß sie wären;
Du bist es, daß sie auf ewig
Glückselig wären!

Welche Reihen ohn' Ende! Wenn meine reifere Seele
Jahrtausende noch gewachsen wird seyn,
Wie wenige werd' ich selbst dann von euch,
Ihr Mitgeschafnen, kennen!

Schaaren Gottes! ihr Mitanbeter! ach wenn dereinst auch ich,
Neben euren Kronen, eine Krone niederlege!

Gott, mein Vater!.. Aber darf ich noch länger mich
                                    unterwinden
Mit dir zu reden, der ich Erde bin?

Vergieb, vergieb, o Vater!
Dem künftigen Todten
Seine Sünden! seine Wünsche!
Seinen Lobgesang!

Wesen der Wesen!
Du warest von Ewigkeit!
Dieses vermag ich nicht zu denken!
In diesen Fluten versink' ich!

Wesen der Wesen! du bist! ach Wonne, du bist!
Was wär ich, wenn du nicht wärest!
Du wirst seyn! auch ich werde durch dich seyn,
O du der Geister Geist! Wesen der Wesen!

Erster! ein ganz Anderer,
Als die Geister alle!
Obgleich sie der wunderbare Schatten
Deiner Herlichkeit sind.

Warum, da allein du dir genung warst, Erster, schufst du?
Zahllosen Schaaren Seliger
Wolltest du der unerschöpfliche Quell
Ihrer Seligkeit seyn!

Wurdest dadurch du seliger, daß du Seligkeit gabst?
Eine der äußersten Schranken des Endlichen ist hier.
Schwindeln kann ich an diesem Hange des Abgrunds,
Aber nichts in seinen Tiefen sehn.

Heilige Nacht, an der ich stehe,
Vielleicht sinket mir,
Nach Jahrtausenden,
Dein geheimnißverhüllender Vorhang.

Vielleicht schaft Gott Erkentniß in mir,
Die meine Kraft, und was sie entflamt,
Wie viel es auch ist, und wie groß,
Die ganze Schöpfung mir nicht zu geben vermag!

Du mein künftiges Seyn, wie jauchz' ich dir entgegen!
Wie fühl' ichs in mir, wie klein ich bin!
Aber wie fühl' ich es auch,
Wie groß ich werde seyn!

O du, die steigt zu dem Himmel hinauf,
Hofnung gegeben von Gott!
Ein kurzer, schneller, geflügelter Augenblick,
Er heisset Tod! dann werd ich es seyn!

Von diesem Nun an, schwing ich mich
Selbst über die höchste der Hofnungen auf!
Denn selig sind von diesem Nun an,
Die Todten, die dem Herrn entschlafen!

Er ist der Sünde Lohn, der Augenblick, der Tod heißt!
Aber seine gefürchtete Nacht
Zeigt auch heller das himlische Licht,
Welches dicht hinter ihr strahlt!

Laß den fliegenden Augenblick,
Du, der mit ihm in das wahre Leben führt,
In einer Stunde deiner Gnaden,
Herr des Lebens, mich tödten!

Er komm' in sanfterem Säuseln,
Oder er komme mit Donnertritt,
Laß nur in einer Stunde deiner Gnaden
Ihn zu der Auferstehung mich aussän!

Welch ein Anschaun, welcher Triumph wird es meiner Seele
                                                    seyn,
Wenn sie mit Einem Blicke nur auf der Erde noch weilt,

Mit diesem Einem, zu sehn,
Daß ihre Saat gesät wird!

Welcher Gedank' ist der
Dem, der ihn zu denken vermag,
Welcher höhere Triumphgedanke:
Jesus Christus starb auch! ward auch begraben!

DIE WELTEN
(1764)

Groß ist der Herr! und jede seiner Thaten,
Die wir kennen, ist groß!
Ozean der Welten, Sterne sind Tropfen des Ozeans!
Wir kennen dich nicht!

Wo beginn ich, und ach! wo end' ich
Des Ewigen Preis?
Welcher Donner giebt mir Stimme?
Gedanken welcher Engel?

Wer leitet mich hinauf
Zu den ewigen Hügeln?
Ich versink', ich versinke, geh unter
In deiner Welten Ozean!

Wie schön, und wie hehr war diese Sternennacht,
Eh ich des großen Gedankens Flug,
Eh ich es wagte, mich zu fragen:
Welche Thaten thäte dort oben der Herliche?

Mich, den Thoren! den Staub!
Ich fürchtet', als ich zu fragen begann,
Daß kommen würde, was gekommen ist.
Ich unterliege dem großen Gedanken!

Weniger kühn, hast, o Pilot,
Du gleiches Schicksal.
Trüb' an dem fernen Olymp
Sammeln sich Sturmwolken.

Jetzo ruht noch das Meer fürchterlich still.
Doch der Pilot weiß,
Welcher Sturm dort herdroht!
Und die eherne Brust bebt ihm,

Er stürzt an dem Maste
Bleich die Segel herab.
Ach! nun kräuselt sich
Das Meer, und der Sturm ist da!

Donnernder rauscht der Ozean als du, schwarzer
Olymp!
Krachend stürzet der Mast!
Lautheulend zuckt der Sturm!
Singt Todtengesang!

Der Pilot kennet ihn. Immer steigender hebst, Woge,
du dich!
Ach die letzte, letzte bist du! Das Schif geht unter!
Und den Todtengesang heult dumpf fort
Auf dem großen, immer offenem Grabe der Sturm!

DEM UNENDLICHEN

(1764)

Wie erhebt sich das Herz, wenn es dich,
Unendlicher, denkt! wie sinkt es,
Wenns auf sich herunterschaut!
Elend schauts wehklagend dann, und Nacht und Tod!

Allein du rufst mich aus meiner Nacht, der im Elend, der
                      im Tod hilft!
Dann denk ich es ganz, daß du ewig mich schufst,
Herlicher! den kein Preis, unten am Grab', oben am Thron,
Herr Herr Gott! den dankend entflammt, kein Jubel genug
                            besingt.

Weht, Bäume des Lebens, ins Harfengetön!
Rausche mit ihnen ins Harfengetön, krystallner Strom!
Ihr lispelt, und rauscht, und, Harfen, ihr tönt
Nie es ganz! Gott ist es, den ihr preist!

Donnert, Welten, in feyerlichem Gang, in der Posaunen
                            Chor!
Du Orion, Wage, du auch!
Tönt all' ihr Sonnen auf der Straße voll Glanz,
In der Posaunen Chor!

Ihr Welten, donnert
Und du, der Posaunen Chor, hallest
Nie es ganz, Gott; nie es ganz, Gott,
Gott, Gott ist es, den ihr preist!

Oden auf die toten Freunde

DIE FRÜHEN GRÄBER
(1764)

Willkommen, o silberner Mond,
Schöner, stiller Gefährt der Nacht!
Du entfliehst? Eile nicht, bleib, Gedankenfreund!
Sehet, er bleibt, das Gewölk wallte nur hin.

Des Mayes Erwachen ist nur
Schöner noch, wie die Sommernacht,
Wenn ihm Thau, hell wie Licht, aus der Locke träuft,
Und zu dem Hügel herauf röthlich er kömt.

Ihr Edleren, ach es bewächst
Eure Maale schon ernstes Moos!
O wie war glücklich ich, als ich noch mit euch
Sahe sich röthen den Tag, schimmern die Nacht.

DIE SOMMERNACHT

(1766)

Wenn der Schimmer von dem Monde nun herab
In die Wälder sich ergießt, und Gerüche
Mit den Düften von der Linde
In den Kühlungen wehn;

So umschatten mich Gedanken an das Grab
Der Geliebten, und ich seh in dem Walde
Nur es dämmern, und es weht mir
Von der Blüthe nicht her.

Ich genoß einst, o ihr Todten, es mit euch!
Wie umwehten uns der Duft und die Kühlung,
Wie verschönt warst von dem Monde,
Du o schöne Natur!

Huldigungsoden

FRIEDRICH DER FÜNFTE

(1750)

Welchen König der Gott über die Könige
Mit einweihendem Blick, als er geboren ward,
Sah vom hohen Olymp, dieser wird Menschenfreund
Seyn, und Vater des Vaterlands!

Viel zu theuer durchs Blut blühender Jünglinge,
Und der Mutter und Braut nächtliche Thrän' erkauft,
Lockt mit Silbergetön ihn die Unsterblichkeit
In das eiserne Feld umsonst!

Niemals weint' er am Bild' eines Eroberers,
Seines gleichen zu seyn! Schon da sein menschlich Herz
Kaum zu fühlen begann, war der Eroberer
Für den edleren viel zu klein!

Aber Thränen nach Ruhm, welcher erhabner ist,
Keines Höflings bedarf, Thränen geliebt zu seyn
Vom glückseligen Volk, weckten den Jüngling oft
In der Stunde der Mitternacht;

Wenn der Säugling im Arm hoffender Mütter schlief,
Einst ein glücklicher Mann! wenn sich des Greises Blick
Sanft in Schlummer verlor, jetzo verjünget ward,
Noch den Vater des Volks zu sehn.

Lange sinnt er ihm nach, welch ein Gedank' es ist:
Gott nachahmen, und selbst Schöpfer des Glückes seyn
Vieler tausend! Er hat eilend die Höh erreicht,
Und entschließt sich, wie Gott zu seyn!

Wie das ernste Gericht furchtbar die Wage nimt,
Und die Könige wägt, wenn sie gestorben sind,

Also wägt er sich selbst jede der Thaten vor,
Die sein Leben bezeichnen soll!

Ist ein Christ! und belohnt redliche Thaten erst!
Und dann schauet sein Blick lächelnd auf die herab,
Die der Muse sich weihn, welche, mit stiller Kraft
Handelnd, edler die Seele macht!

Winkt dem stummen Verdienst, das in der Ferne steht!
Durch sein Muster gereizt, lernt es Unsterblichkeit!
Denn er wandelt allein, ohne der Muse Lied,
Sichres Wegs zur Unsterblichkeit!

Die vom Sion herab Gott den Messias singt,
Fromme Sängerin, eil' itzt zu den Höhen hin,
Wo den Königen Lob, besseres Lob ertönt,
Die Nachahmer der Gottheit sind!

Fang den lyrischen Flug stolz mit dem Namen an,
Der oft, lauter getönt, dir um die Saite schwebt;
Singst du einst von dem Glück, welches die gute That
Auf dem freyeren Throne lohnt!

Daniens Friedrich ists, welcher mit Blumen dir
Jene Höhen bestreut, die du noch steigen mußt!
Er, der König und Christ, wählt dich zur Führerin,
Bald auf Golgatha Gott zu sehn.

FRIEDENSBURG

(1751)

Selbst der Engel entschwebt Wonnegefilden, läßt
Seine Krone voll Glanz unter den Himlischen,
Wandelt, unter den Menschen
Mensch, in Jünglingsgestalt umher.

Laß denn, Muse, den Hain, wo du das Weltgericht,
Und die Könige singst, welche verworfen sind!
Kom, hier winken dich Thäler
In ihr Tempe zur Erd' herab.

Kom, es hoffet ihr Wink! Wo du der Ceder Haupt
Durch den steigenden Schall deines Gesangs bewegst,
Nicht nur jene Gefilde
Sind mit lachendem Reiz bekränzt;

Auch hier stand die Natur, da sie aus reicher Hand
Über Hügel und Thal lebende Schönheit goß,
Mit verweilendem Tritte,
Diese Thäler zu schmücken, still.

Sieh den ruhenden See, wie sein Gestade sich,
Dicht vom Walde bedeckt, sanfter erhoben hat,
Und den schimmernden Abend
In der grünlichen Dämrung birgt.

Sieh des schattenden Walds Wipfel. Sie neigen sich.
Vor dem kommenden Hauch lauterer Lüfte? Nein,
Friedrich kömt in den Schatten!
Darum neigen die Wipfel sich.

Warum lächelt dein Blick? warum ergießet sich
Diese Freude, der Reiz heller vom Aug' herab?
Wird sein festlicher Name
Schon genannt, wo die Palme weht?

„Glaubest du, daß auf das, so auf der Erd' ihr thut,
Wir mit forschendem Blick wachsam nicht niedersehn?
Und die Edlen nicht kennen,
Die so einsam hier unten sind?

Da wir, wenn er kaum reift, schon den Gedanken sehn,
Und die werdende That, eh sie hinübertrit

Vor das Auge des Schauers,
Und nun andre Geberden hat!

Kann was heiliger uns, als ein Gebieter seyn,
Der zwar feurig und jung, dennoch ein Weiser ist,
Und, die höchste der Würden,
Durch sich selber, noch mehr erhöht?

Heil dem König! er hört, rufet die Stund' ihm einst,
Die auch Kronen vom Haupt, wenn sie ertönet, wirft,
Unerschrocken ihr Rufen,
Lächelt, schlummert zu Glücklichen

Still hinüber! Um ihn stehn in Versamlungen
Seine Thaten umher, jede mit Licht gekrönt,
Jede bis zu dem Richter
Seine sanfte Begleiterin."

DIE KÖNIGIN LUISE
(1752)

Da Sie, ihr Name wird im Himmel nur genennet!
Ihr sanftes Aug' im Tode schloß,
Und, von dem Thron', empor zum höhern Throne,
In Siegsgewande trat,

Da weinten wir! Auch der, der sonst nicht Thränen kannte,
Ward blaß, erbebt' und weinte laut!
Wer mehr empfand, blieb unbeweglich stehen,
Verstumt', und weint' erst spät.

So steht mit starrem Blick, der Marmor auf dem Grabe;
So schautest du ihr, Friedrich, nach!
Ihr Engel sah, als er zu Gott sie führte,
Nach deinen Thränen hin.

O, Schmerz! stark, wie der Tod! Wir sollten zwar nicht
          weinen,
Weil sie so groß und edel starb!
Doch weinen wir. Ach, so geliebt zu werden,
Wie heilig ist dieß Glück!

Der König stand, und sah, sah die Entschlafne liegen,
Und neben ihr den todten Sohn.
Auch er! auch er! o Gott! o unser Richter!
Ein Friedrich starb in ihm!

Wir beten weinend an. Weil nun nicht mehr ihr Leben
Uns lehrt; so lehr uns denn ihr Tod!
O himlische, bewundernswerthe Stunde,
Da sie entschlummerte!

Dich soll der Enkel noch, du Todesstunde, feyren!
Sie sey sein Fest um Mitternacht!
Voll heiliger tiefeingehüllter Schauer,
Ein Fest der Weinenden!

Nicht diese Stunde nur, sie starb viel lange Tage!
Und jeder war des Todes werth,
Des lehrenden des ehrenvollen Todes,
Den sie gestorben ist.

Die ernste Stunde kam, in Nebel eingehüllet,
Den sie bey Gräbern bildete.
Die Königin, nur sie, vernimt den Fußtritt
Der kommenden, nur sie

Hört, durch die Nacht herauf, der dunkeln Flügel Rauschen,
Den Todeston! da lächelt sie.
Sey ewig, mein Gesang, weil du es singest,
Daß sie gelächelt hat!

Und nun sind Throne nichts, nichts mehr der Erde Größen,
Und alles, was nicht ewig ist!

Zwo Thränen noch! die eine für den König,
Für ihre Kinder die,

Und für die liebende, so sehr geliebte Mutter:
Und dann wird Gott allein geliebt!
Die Erde sinkt, wird ihr zum leichten Staube;
Und, nun entschlummert sie.

Da liegt im Tode sie, und schön des Seraphs Auge,
Der sie zum Unerschafnen führt.
Indem erblaßt die Wang', und sinkt; es trocknen
Die letzten Thränen auf!

Schön sind, und ehrenvoll des Patrioten Wunden!
Mit höhrer Schöne schmückt der Tod
Den Christen! ihn die letzte Ruh, der sanften
Gebrochnen Augen Schlaf!

Nur wenige verstehn, was dem für Ehren bleiben,
Der liegt, und überwunden hat,
Dem ewigen, dem gottgeweihten Menschen,
Der auferstehen soll!

Fleug, mein Gesang, den Flug unsterblicher Gesänge,
Und singe nicht vom Staube mehr!
Zwar heilig ist ihr Staub; doch sein Bewohner
Ist heiliger, als er!

Die hohe Seele stand vor Gott. Ihr großer Führer,
Des Landes Schutzgeist, stand bey ihr.
Dort strahlt' es auch, um sie, an ihrer Seite,
Wo Karolina stand.

Die große Tochter sah vom neuen Thron herunter,
Sah bey den Königen ihr Grab;
Der Leiche Zug. Da sah sie auf den Seraph;
So sprach die glückliche:

Mein Führer, der du mich zu dieser Wonne führtest,
Die fern von dort, und ewig ist!
Kehrst du zurück, wo wir, zum Tod', itzt werden,
Dann bald unsterblich sind:

Kehrst du dorthin zurück, wo du des Landes Schicksal,
Und meines Königs Schicksal, lenkst;
So folg' ich dir. Ich will sanft um dich schweben,
Mit dir, sein Schutzgeist seyn!

Wenn du unsichtbar dich den Einsamkeiten nahest,
Wo er um meinen Tod noch klagt;
So tröst' ich seinen Schmerz mit dir! so lispl' ich
Ihm auch Gedanken zu!

Mein König, wenn du fühlst, daß sich ein sanftres Leben,
Und Ruh durch deine Seele gießt;
So war ichs auch, die dir, in deine Seele,
Der Himmel Frieden goß!

O möchten diese Hand, und diese hellen Locken,
Dir sichtbar seyn; ich trocknete,
Mit dieser Hand, mit diesen goldnen Locken,
Die Thränen, die du weinst!

O, weine nicht! Es ist, in diesem höhern Leben,
Für sanfte Menschlichkeit viel Lohn,
Viel großer Lohn! und Kronen bey dem Ziele,
Das ich so früh ergrif!

Du eilst mit hohem Blick, doch länger ist die Laufbahn!
Mein König, diesem Ziele zu;
Die Menschlichkeit, dieß größte Lob der Erde!
Ihr Glück, ihr Lob ist dein.

Ich schwebe jeden Tag, den du, durch sie, verewigst,
Dein ganzes Leben, um dich her!

Auch dieß ist Lohn des früherrungnen Zieles,
Zu sehen, was du thust.

Ein solcher Tag ist mehr, als viele lange Leben,
Die sonst ein Sterblicher verlebt!
Wer edel herscht, hat doch, stürb' er auch früher,
Jahrhunderte gelebt!

Ich schreibe jede That, hier wurd ihr Antlitz heller,
Und himlischlächelnd stand sie auf,
Ins große Buch, aus dem einst Engel richten;
Und nenne sie vor Gott!

ROTHSCHILDS GRÄBER

(1766)

Ach, hier haben sie dich bey deinen Vätern begraben,
   Den wir liebten, um den lange die Thräne noch fließt;
Jene treuere, die aus nie vergessendem Herzen
   Komt, und des Einsamen Blick spät mit Erinnerung trübt.
Sollt um seinen entschlafenen König nicht Thränen der
                            Wehmuth
   Lange vergießen ein Volk, welchem die Witwe nicht weint?
Ach, um einen König, von dem der Waise, des Dankes
   Zähren im Aug', oft kam, lange nicht klagen sein Volk?
Aber noch wend' ich mich weg, kann noch zu der Halle nicht
                           hingehn,
   Wo des Todten Gebein neben der Todten itzt ruht,
Neben Luisa, die uns des Kummers einzigen Trost gab,
   Die wir liebten, der auch spätere Traurigkeit rann!
O ihr ältern Todten, ihr Staub! einst Könige, früh rief
   Er den Enkel zu euch, der die Welten beherscht!
Ernst, in Sterbegedanken, umwandl' ich die Gräber, und lese
   Ihren Marmor, und seh Schrift wie Flammen daran,
Andre, wie die, so die Außengestalt der Thaten nur bildet,

Unbekant mit dem Zweck, welchen die Seele verbarg.
Furchtbar schimmert die himlische Schrift: Dort sind sie
                                              gewogen,
   Wo die Krone des Lohns, keine vergängliche, strahlt!
Ernster, in tieferer Todesbetrachtung, meid' ich die Halle
   Stets noch, in welche dem Thron Friederichs Trümmer
                                              entsank!
Denn mir blutet mein Herz um ihn! O Nacht des
                                              Verstummens,
   Als die Aussaat Gott säte, wie traurig warst du!
Aber warum wank' ich, und säume noch stets, zu dem
                                              Grabe
   Hinzugehen, wo er einst mit den Todten erwacht?
Ist es nicht Gott, der ihn in seine Gefilde gesät hat?
   Ach, zu des ewigen Tags dankenden Freuden gesät?
Und, o sollte noch weich deß Herz seyn, welcher so Viele,
   Die er liebte, verlor, Viele, die glücklicher sind?
Dessen Gedanken um ihn schon viel Unsterbliche sammeln,
   Wenn er den engeren Kreis dieser Vergänglichkeit mißt,
Und die Hütten an Gräbern betrachtet, worin die Bewohner
   Träumen, bis endlich der Tod sie zu dem Leben erweckt!
Diese Stärke bewafne mein Herz! Doch beb' ich im
                                              Anschaun?
   Ach des Todten Gebein! unseres Königs Gebein!
Streuet Blumen umher! Der Frühling ist wiedergekommen!
   Wiedergekommen ohn' ihn! Blüthe bekränze sein Grab!
Daniens schöne Sitte, die selbst dem ruhenden Landmann
   Freudighoffend das Grab jährlich mit Blumen bedeckt,
Sey du festlicher jetzt, und streu um des Königs Gebeine,
   Auferstehung im Sinn, Kränze des Frühlings umher!
Sanftes, erheiterndes Bild von Auferstehung! Und dennoch
   Trübt sich im Weinen der Blick, träufelt die Thrän' auf
                                              den Kranz?
Friederich! Friederich! ach, denn dieses allein ist von dir uns
   Übrig! ein Leib, der verwest, bald zerfallnerer Staub!
Schweigendes Grabgewölbe, das ihm die Gebeine beschattet,
   Schauer kömt von dir her! langsam auf Flügeln der Nacht

Schauer! Ich hör' euch schweben: Wer seyd ihr, Seelen der
Todten?
„Glückliche Väter sind wir! segneten, segneten noch
Friederich, als der Erde wir Erde gaben! Wir kommen
Nicht von Gefilden der Schlacht!" Ferne verliert sich ihr
Laut,
Und ich hör' ihr Schweben nicht mehr; allein noch bewölkt
mich
Trauren um ihn! Ach, da schläft er im Tode vor mir,
Den ich liebte! Wie einer der Eingebornen des Landes
Liebt' ich Friedrich, und da schläft er im Tode vor mir!
Bester König! Es klagt ihm nach der Gespiele der Muse,
Und der Weisheit! um ihn trauert der Liebling der Kunst!
Bester König! Der Knabe, der Greis, der Kranke, der Arme
Weinen, Vater! es weint nah und ferne dein Volk!
Von des Hekla Gebirge bis hin zu dem Strome der Weser
Weinet alle dein Volk, Vater, dein glückliches Volk!
Kann dir Lohn Unsterblichkeit seyn; so beginnet die Erd'
ihn
Jetzt zu geben! allein ist denn Unsterblichkeit Lohn?
Du, o Friederichs Sohn, du Sohn Luisens, erhabner
Theurer Jüngling, erfüll unser Erwarten, und sey,
Schöner, edler Jüngling, den alle Grazien schmücken,
Auch der Tugend, sey uns, was dein Vater uns war!
Heiliger kann kein Tempel dir, als dieser voll Gräber
Deiner Väter, und nichts mehr dir Erinnerung seyn,
Daß es alles Eitelkeit ist, und die Thaten der Tugend
Dann nur bleiben, wenn Gott auch von dem Throne dich
ruft!
Ach! in dem Tod' entsinkt die Erdenkrone dem Haupte,
Ihre Schimmer umwölkt bald der Vergänglichkeit Hand;
Aber es giebt auf ewig die ehrenvollere Krone
Jenen entscheidenden Tag seiner Vergeltungen Gott!

FÜRSTENLOB

(1775)

Dank dir, mein Geist, daß du seit deiner Reife Beginn,
Beschlossest, bey dem Beschluß verhartest:
Nie durch höfisches Lob zu entweihn
Die heilige Dichtkunst,

Durch das Lob lüstender Schwelger, oder eingewebter
Fliegen, Eroberer, Tyrannen ohne Schwert,
Nicht grübelnder, handelnder Gottesleugner,
Halbmenschen, die sich, in vollem dummen Ernst, für
                                          höhere

Wesen halten als uns. Nicht alte Dichtersitte,
Nicht Schimmer, der Licht log,
Freunde nicht, die geblendet bewunderten,
Vermochten deinen Entschluß zu erschüttern.

Denn du, ein biegsamer Frühlingssproß
Bey kleineren Dingen,
Bist, wenn es größere gilt,
Eiche, die dem Orkane steht.

Und deckte gebildeter Marmor euch das Grab;
Schandsäul' ist der Marmor: wenn euer Gesang
Kakerlakken, oder Oranutane
Zu Göttern verschuf.

Ruhe nicht sanft, Gebein der Vergötterer! Sie sinds,
Sie habens gemacht, daß nun die Geschichte nur
Denkmaal ist; die Dichtkunst
Nicht Denkmaal ist!

Gemacht, daß ich mit zitternder Hand
Die Saite von Daniens Friederich rührte;
Sie werde von Badens Friederich rühren,
Mit zitternder Hand.

Denn o wo ist der sorgsame Wahrheitsforscher,
Der geht, und die Zeugen verhört? Geh hin, noch leben
                                    die Zeugen,
Und halte Verhör, und zeih, wenn du kanst,
Auch mich der Entweihung!

IHR TOD
(1780)

Schlaf sanft, du Größte deines Stammes,
Weil du die menschlichste warst!
Die warest du, und das gräbt die ernste Geschichte,
Die Todtenrichterin, in ihre Felsen.

Oft wollt' ich dich singen. Die Laute stand,
Klang von selbst mit innigen Tönen von dir;
Ich ließ sie klingen. Denn wie du
Alles, was nicht edel war, haßtest,

So haß' ich, bis auf ihren
Verlorensten Schein,
Auf das leichteste Wölkchen
Des Räucheraltars, die Schmeicheley.

Jetzt kann ich dich singen. Die Schlangenzunge selbst
Darf nun von jenem Scheine nicht zischen. Denn du
                                    bist todt!
Aber ich habe geliebt, und vor Wehmuth
Sinket mir die Hand die Saiten herab.

Doch Ein Laut der Liedersprache,
Ein Flammenwort. Dein Sohn mag forschen strebend,
Ringend, dürstend, weinend vor Ehrbegier:
Ob er dich erreichen könne?

Friederich mag sein graues Haupt
Hinsenken in die Zukunft: Ob von ihm
Erreichung melden werde
Die Felsenschrift der Todtenrichterin?

Schlaf sanft, Theresia. Du schlafen?
Nein! denn du thust jetzo Thaten,
Die noch menschlicher sind,
Belohnet durch sie, in höheren Welten!

Wintergedichte

DER EISLAUF
(1764)

Vergraben ist in ewige Nacht
Der Erfinder großer Name zu oft!
Was ihr Geist grübelnd entdeckt, nutzen wir;
Aber belohnt Ehre sie auch?

Wer nannte dir den kühneren Mann,
Der zuerst am Maste Segel erhob?
Ach verging selber der Ruhm dessen nicht,
Welcher dem Fuß Flügel erfand!

Und sollte der unsterblich nicht seyn,
Der Gesundheit uns und Freuden erfand,
Die das Roß muthig im Lauf niemals gab,
Welche der Reihn selber nicht hat?

Unsterblich ist mein Name dereinst!
Ich erfinde noch dem schlüpfenden Stahl
Seinen Tanz! Leichteres Schwungs fliegt er hin,
Kreiset umher, schöner zu sehn.

Du kennest jeden reizenden Ton
Der Musik, drum gieb dem Tanz Melodie!
Mond, und Wald höre den Schall ihres Horns,
Wenn sie des Flugs Eile gebeut,

O Jüngling, der den Wasserkothurn
Zu beseelen weiß, und flüchtiger tanzt,
Laß der Stadt ihren Kamin! Kom mit mir,
Wo des Krystalls Ebne dir winkt!

Sein Licht hat er in Düfte gehüllt,
Wie erhellt des Winters werdender Tag
Sanft den See! Glänzenden Reif, Sternen gleich,
Streute die Nacht über ihn aus!

Wie schweigt um uns das weiße Gefild!
Wie ertönt vom jungen Froste die Bahn!
Fern verräth deines Kothurns Schall dich mir,
Wenn du dem Blick, Flüchtling, enteilst.

Wir haben doch zum Schmause genung
Von des Halmes Frucht? und Freuden des Weins?
Winterluft reizt die Begier nach dem Mahl;
Flügel am Fuß reizen sie mehr!

Zur Linken wende du dich, ich will
Zu der Rechten hin halbkreisend mich drehn;
Nim den Schwung, wie du mich ihn nehmen siehst:
Also! nun fleug schnell mir vorbey!

So gehen wir den schlängelnden Gang
An dem langen Ufer schwebend hinab.
Künstle nicht! Stellung, wie die, lieb' ich nicht,
Zeichnet dir auch Preisler nicht nach.

Was horchst du nach der Insel hinauf?
Unerfahrne Läufer tönen dort her!
Huf und Last gingen noch nicht übers Eis,
Netze noch nicht unter ihm fort.

Sonst späht dein Ohr ja alles; vernim,
Wie der Todeston wehklagt auf der Flut!
O wie tönts anders! wie hallts, wenn der Frost
Meilen hinab spaltet den See!

Zurück! laß nicht die schimmernde Bahn
Dich verführen, weg vom Ufer zu gehn!

Denn wo dort Tiefen sie deckt, strömts vielleicht,
Sprudeln vielleicht Quellen empor.

Den ungehörten Wogen entströmt,
Dem geheimen Quell entrieselt der Tod!
Glittst du auch leicht, wie dieß Laub, ach dorthin;
Sänkest du doch, Jüngling, und stürbst!

DER KAMIN
(1770)

„Wenn der Morgen in dem May mit der Blüthen
   Erstem Geruch erwacht;
So begrüßet ihn entzückt vom bethauten
   Zweige des Waldes Lied;
So empfindet, wer in Hütten an dem Walde
   Wohnet, wie schön du bist,
Natur! Jugendlich hellt sich des Greises
   Blick, und dankt! lauter freut
Sich der Jüngling; er verläßt mit des Rehes
   Leichterem Sprung den Busch,
Und ersteigt bald den erhöhteren Hügel,
   Stehet, und schaut umher,
Wie der Wecker mit dem röthlichen Fuß
   Auf die Gebirge tritt,
Und den Frühling um sich her durch das Wehn
   Der frühen Luft sanft bewegt.
Wenn der Morgen des Dezembers in des Frostes
   Düften erwacht, und glänzt;
So begrüßet ihn mit Hüpfen von dem Silber-
   Zweige der Sänger Volk,
Und ersinnet für den künftigen May
   Neue Gesänge sich;
So empfindet, wer in Hütten auf dem Lande
   Wohnet, wie schön du bist,

Natur! Munter erhellt sich des gestärkten
   Greises Blick! mehr noch fühlt
Sich der Jüngling; er enteilt mit des Rehes
   Leichterem Sprung dem Heerd',
Und im Laufe zum besternten Landsee
   Blickt er umher, und sieht,
Wie der Wecker mit dem röthlichen Fuß
   Halb im Gewölke steht,
Und der Winter um sich her das Gefilde
   Sanft schimmernd bedeckt, und schweigt.
O ihr Freuden des Dezembers! er rufts,
   Säumt nicht, betritt den See,
Und beflügelt sich mit Stahle den Fuß.
   Ein Städter, sein Freund, verließ
Den Kamin früh. Er entdeckt von dem hohen
   Roß in der Ferne schon
Den Landmann, wie er schwebt, und den Krystall
   Hinter sich tönen läßt.
O ihr Freuden des Dezembers! so ruft
   Der Städter nun auch, und springt
Von dem Rosse, das in Wolken des Dampfes
   Steht, und die Mähne senkt.
Jetzt legt auch die Beflüglung des Stahls
   Der Städter sich an, und reißt
Durch die Schilfe sich hervor. Sie entschwingen,
   Pfeilen im Fluge gleich,
Sich dem Ufer. Wie der schnellende Bogen
   Hinter dem Pfeil' ertönt,
So ertönet das erstarrte Gewässer
   Hinter den fliegenden.
Mit Gefühle der Gesundheit durchströmt
   Die frohe Bewegung sie,
Da die Kühlungen der reineren Luft
   Ihr eilendes Blut durchwehn,
Und die zarteste des Nervengewebs
   Gleichgewicht halten hilft.
Unermüdet von dem flüchtigen Tanze,

Schweben sie Tage lang;
  Und musiklos gefällt er. Wenn am Abend
    Rauchender Winterkohl
Sie gelezt hat, so verlassen sie schnell
    Die sinkende Glut des Heerds,
Und beseelen sich die Ferse, die Ruh
    Der schimmernden Mitternacht
Durch die Freuden des gewagteren Laufs
    Zu stören. Sie eilen hin,
Und verlachen, wer noch jetzo bey dem Schmause
    Weilet, und schlummernd gähnt.
Die gesünderen, und froheren wünschet
    Der kennende Zeichner sich,
Und vertauschte das gelohnte Modell
    Gern mit dem freyeren."
Da der Weichling Behager so gesprochen,
    Gürtet er fester noch
Sein Rauchwerk! und die Flamme des Kamins
    Schwinget noch lermender
In dem neuen Gehölze sich empor!
    Dicker und höher steigt,
Aus der vollen unermeßlichen Schale,
    Duftend von weissem Rak,
Der Punschdampf! An des schwatzenden Stahlen
    Naget indeß der Rost.

Bardendichtung

THUISKON

(1764)

Wenn die Strahlen vor der Dämrung nun entfliehn, und der
Abendstern
Die sanfteren, entwölkten, die erfrischenden Schimmer nun
Nieder zu dem Haine der Barden senkt,
Und melodisch in dem Hain die Quell' ihm ertönt;

So entsenket die Erscheinung des Thuiskon, wie Silber stäubt
Von fallendem Gewässer, sich dem Himmel, und komt zu
euch,
Dichter, und zur Quelle. Die Eiche weht
Ihm Gelispel. So erklang der Schwan Venusin,

Da verwandelt er dahin flog. Und Thuiskon vernimts,
und schwebt
In wehendem Geräusche des begrüßenden Hains, und horcht;
Aber nun empfangen, mit lauterm Gruß,
Mit der Sait' ihn und Gesang, die Enkel um ihn.

Melodieen, wie der Telyn in Walhalla, ertönen ihm
Des wechselnden, des kühneren, des deutscheren Odenflugs,
Welcher, wie der Adler zur Wolk' itzt steigt,
Dann herunter zu der Eiche Wipfel sich senkt.

DER HÜGEL, UND DER HAIN

Ein Poet, ein Dichter, und ein Barde singen

(1767)

P. Was horchest du unter dem weitverbreiteten Flügel der
          Nacht
Dem fernen sterbendem Wiederhalle des Bardengesangs?
Höre mich! Mich hörten die Welteroberer einst!
Und viel Olympiaden hörtet, ihr Celten, mich schon!

D. Laß mich weinen, Schatten!
Laß die goldene Leyer schweigen!
Auch meinem Vaterlande sangen Barden,
Und ach! ihr Gesang ist nicht mehr!

Laß mich weinen!
Lange Jahrhunderte schon
Hat ihn in ihre Nacht hinab
Gestürzt die Vergessenheit!

Und in öden dunkeln Trümmern
Der alten Celtensprache,
Seufzen nur einige seiner leisen Laute,
Wie um Gräber Todesstimmen seufzen.

P. Töne dem Klager, goldene Leyer!
Was weinest du in die öde Trümmer hinab?
War er der langen Jahrhunderte meines Gesanges werth;
Warum ging er unter?

D. Die Helden kämpften! Ihr nantet sie Götter und Titanen.
Wenn jetzo die Aegis nicht klang, und die geworfenen
          Felsenlasten
Ruhten, und Jupiter der Gott, mit dem Titan Enzeladus
          sprach;
So scholl in den Klüften des Pelion die Sprache des
          Bardengesangs!

Ha du schwindelst vor Stolz
An deinem jüngeren Lorber;
Warf, und weißt du das nicht? auch ungerecht
Nicht oft die Vergessenheit ihr Todesloos?

Noch rauschest du stets mit Geniusfluge die Saiten herab!
Lang kenn' ich deine Silbertöne,
Schweig! Ich bilde mir ein Bild,
Jenes feurigen Naturgesangs!

Unumschränkter ist in deinem Herscherin,
Als in des Barden Gesange die Kunst!
Oft stammelst du nur die Stimme der Natur;
Er tönet sie laut ins erschütterte Herz!

O Bild, das jetzt mit den Fittigen der Morgenröthe schwebt!
Jetzt in Wolken gehüllt, mit des Meers hohen Woge steigt!
Jetzt den sanften Liedestanz
Tanzt in dem Schimmer der Sommermondnacht!

Wenn dich nicht gern, wer denket, und fühlt,
Zum Genossen seiner Einsamkeit wählt;
So erhebe sich aus der Trümmern Nacht der Barden einer,
Erschein', und vernichte dich!

Laß fliegen, o Schatten, deinen Zaubergesang
Den mächtigsten Flug,
Und rufe mir einen der Barden
Meines Vaterlands herauf!

Einen Herminoon,
Der unter den tausendjährigen
Eichen einst wandelte,
Unter deren alterndem Sproß ich wandle.

P. Ich beschwöre dich, o Norne, Vertilgerin,
Bey dem Haingesange, vor dem in Winfeld die Adler
                                          sanken!

97

Bey dem liedergeführten Brautlenzreihn: O sende mir
                                            herauf
Einen der Barden Teutoniens, einen Herminoon!

Ich hör' es in den Tiefen der Ferne rauschen!
Lauter tönet Wurdi's Quell dem kommenden!
Und die Schwäne heben sich vor ihm
Mit schnellerem Flügelschlag!

D. Wer komt? wer komt? Kriegerisch ertönt
Ihm die thatenvolle Telyn!
Eichenlaub schattet auf seine glühende Stirn!
Er ist, ach er ist ein Barde meines Vaterlands!

B. Was zeigst du dem Ursohn meiner Enkel
Immer noch den stolzen Lorber am Ende deiner Bahn,
Grieche? Soll ihm umsonst von des Haines Höh
Der Eiche Wipfel winken?

Zwar aus Dämrung nur; denn ach! er sieht
In meiner Brust der wüthenden Wurdi Dolch!
Und mit der Eile des Sturms eilet vorüber der Augenblick,
Da ich ihm von der Barden Geheimnisse singen kann!

P. Töne, Leyer, von der Grazie,
Den leichten Tritt an der Hand der Kunst geführt,
Und laß die Stimme der rauhen Natur
Des Dichters Ohre verstummen!

B. Sing, Telyn, dem Dichter die schönere Grazie
Der seelenvollen Natur!
Gehorcht hat uns die Kunst! sie geschreckt,
Wollte sie herschen, mit hohem Blick die Natur!

Unter sparsamer Hand tönte Gemähld' herab,
Gestaltet mit kühnem Zug;
Tausendfältig, und wahr, und heiß! ein Taumel! ein Sturm!
Waren die Töne für das vielverlangende Herz!

P. Laß, o Dichter, in deinem Gesang vom Olympus
Zeus donnern! mit dem silbernen Bogen tönen aus der
                                    Wolkennacht
Smintheus! Pan in dem Schilfe pfeifen, von Artemis
Schulter den vollen Köcher scheuchen das Reh.

B. Ist Achäa der Thuiskone Vaterland?
Unter des weissen Teppichs Hülle ruh auf dem
                                    Friedenswagen
Hertha! Im blumenbestreuten Hain walle der Wagen hin,
Und bringe die Göttin zum Bade des einsamen Sees.

Die Zwillingsbrüder Alzes graben
In Felsen euch das Gesetz der heiligen Freundschaft:
Erst des hingehefteten Blickes lange Wahl,
Dann Bund auf ewig!

Es vereine Löbna voll Nossa's Reizen, und Wara
Wie Sait' und Gesang, die Lieb' und die Ehe! Braga töne
Von dem Schwert, gegen den Erobrer gezückt! und That
Des Friedens auch, und Gerechtigkeit lehr' euch Wodan!

Wenn nicht mehr in Walhalla die Helden Waffenspiel
Tanzen, nicht mehr von Braga's Lied' in der Freude
Süße Träume gesungen, halten Siegesmahl,
Dann richtet auch die Helden Wodan!

D. Des Hügels Quell ertönet von Zeus,
Von Wodan der Quell des Hains.
Weck' ich aus dem alten Untergange Götter
Zu Gemählden des fabelhaften Liedes auf;

So haben die in Teutoniens Hain
Edlere Züge für mich!
Mich weilet dann der Achäer Hügel nicht:
Ich geh zu dem Quell des Hains!

P. Du wagst es, die Hörerin der Leyer,
Die in Lorberschatten herab
Von der Höhe fällt des Helikon,
Aganippe vorüber zu gehn?

D. Ich seh an den wehenden Lorber gelehnt,
Mit allen ihren goldenen Saiten,
O Grieche, deine Leyer stehn,
Und gehe vorüber!

Er hat sie gelehnt an den Eichensproß,
Des Weisen Sänger, und des Helden, Braga,
Die inhaltsvolle Telyn! Es weht
Um ihre Saiten, und sie tönt von sich selbst: Vaterland!

Ich höre des heiligen Namens Schall!
Durch alle Saiten rauschet es herab:
Vaterland! Wessen Lob singet nach der Wiederhall?
Komt Hermann dort in den Nächten des Hains?

B. Ach Wurdi, dein Dolch! Sie ruft, sie ruft
Mich in ihre Tiefe zurück, hinunter, wo unbeweinbar
Auch die Edlen schweben, die für das Vaterland
Auf des Schildes blutige Blume sanken!

Gedichte zum „Messias"

AN DEN ERLÖSER
(1773)

Ich hofft' es zu dir! und ich habe gesungen,
Versöhner Gottes, des neuen Bundes Gesang!
Durchlaufen bin ich die furchtbare Laufbahn;
Und du hast mir mein Straucheln verziehn!

Beginn den ersten Harfenlaut,
Heißer, geflügelter, ewiger Dank!
Beginn, beginn, mir strömet das Herz!
Und ich weine vor Wonne!

Ich fleh' um keinen Lohn; ich bin schon belohnt,
Durch Engelfreuden, wenn ich dich sang!
Der ganzen Seele Bewegung
Bis hin in die Tiefen ihrer ersten Kraft!

Erschüttrung des Innersten, daß Himmel
Und Erde mir schwanden!
Und flogen die Flüge nicht mehr des Sturms; durch sanftes
                                        Gefühl,
Das, wie des Lenztags Frühe, Leben säuselte.

Der kennt nicht meinen ganzen Dank,
Dem es da noch dämmert,
Daß, wenn in ihrer vollen Empfindung
Die Seele sich ergeußt, nur stammeln die Sprache kann.

Belohnt bin ich, belohnt! Ich habe gesehn
Die Thräne des Christen rinnen:
Und darf hinaus in die Zukunft
Nach der himmlischen Thräne blicken!

Durch Menschenfreuden auch. Umsonst verbürg' ich vor dir
Mein Herz der Ehrbegierde voll.
Dem Jünglinge schlug es laut empor; dem Manne
Hat es stets, gehaltner nur, geschlagen.

Ist etwa ein Lob, ist etwa eine Tugend,
Dem trachtet nach! Die Flamm' erkohr ich zur Leiterin mir!
Hoch weht die heilige Flamme voran, und weiset
Dem Ehrbegierigen besseren Pfad!

Sie war es, sie that's, daß die Menschenfreuden
Mit ihrem Zauber mich nicht einschläferten;
Sie weckte mich oft der Wiederkehr
Zu den Engelfreuden!

Sie weckten mich auch, mit lautem durchdringenden
                                            Silberton,
Mit trunkner Erinnrung an die Stunden der Weihe,
Sie selber, sie selber die Engelfreuden,
Mit Harf' und Posaune, mit Donnerruf!

Ich bin an dem Ziel, an dem Ziel! und fühle, wo ich bin,
Es in der ganzen Seele beben! So wird es (ich rede
Menschlich von göttlichen Dingen) uns einst, ihr Brüder
                                            deß,
Der starb! und erstand! bey der Ankunft im Himmel seyn!

Zu diesem Ziel hinauf hast du,
Mein Herr! und mein Gott!
Bey mehr als Einem Grabe mich,
Mit mächtigem Arme, vorübergeführt!

Genesung gabst du mir! gabst Muth und Entschluß
In Gefahren des nahen Todes!
Und sah ich sie etwa die schrecklichen unbekannten,
Die weichen mußten, weil du der Schirmende warst?

Sie flohen davon! und ich habe gesungen,
Versöhner Gottes, des neuen Bundes Gesang!
Durchlaufen bin ich die furchtbare Laufbahn!
Ich hofft' es zu dir!

AN FREUND UND FEIND

(1781)

Weiter hinab wallet mein Fuß, und der Stab wird
Mir nicht allein von dem Staube, den der Weg stäubt,
Wird dem Wanderer auch von Asche
Näherer Todter bewölkt.

Schön wird mein Blick dort es gewahr. O der Aussicht
Drüben! da strahlt's von dem Frühling, der uns ewig
Blüht, und duftet, und weht. O Pfad, wo
Staub nicht, und Asche bewölkt.

Aber sondern muß ich mich, trennen mich, muß von den
                                        Freunden
Scheiden! Du bist ein tiefer bitterer Kelch!
Ach tränk' ich dich nicht bey Tropfen!
Leert' ich mit Einem Zuge dich aus,

Ungestüm aus! wie, wer Durst lechzt,
Schnell sich erkühlt, sich erlabet an dem Labsal!
Weg vom Kelche, Gesang! Tiefsinnig
Hatt' ich geforscht,

Zweifelnd versenkt, ernster durchdacht: (O es galt da
Täuschung nicht mit, und kein Wahn mit) Was ihn mache,
Der, zu leben! entstand, zu sterben!
Glücklich den? Ich war es, und bins!

Viel Blumen blühn in diesem heiligen Kranz. Unsterblichkeit
Ist der Blumen Eine. Der Weise durchschaut

Ihrer Wirkung Kreis. Sie scheint der Könige Loos;
Allein die werden in der Geschichte zu Mumien!

Geburtsrecht zu der Unsterblichkeit
Ist Unrecht bey der Nachwelt. So bald einst die Geschichte,
Was ihr obliegt, thut: so begräbt sie durch Schweigen, und
                                               stellt
Die Könige dann selbst nicht mehr als Mumien auf.

Sie sind nach dem Tode, was wir sind.
Bleibt ihr Name; so rettet ihn nur Verdienst,
Nicht die Krone: denn sie
Sank mit dem Haupte der sterbenden.

Voll Durstes war die heisse Seele des Jünglings
Nach der Unsterblichkeit!
Ich wacht', und ich träumte
Von der kühnen Fahrt auf der Zukunft Ozean!

Dank dir noch Einmal, mein früher Geleiter, daß du mir,
Wie furchtbar es dort sey, mein Genius, zeigtest.
Wie wies dein goldener Stab! Hochmastige, vollbesegelte
                                       Dichterwerke,
Und dennoch gesunkene schreckten mich!

Weit hinab an dem brausenden Gestade
Lag's von der Scheiter umher.
Sie hatten sich hinaus auf die Woge gewagt, in den Sturm
                                       gewagt;
Und waren untergegangen!

Bis zu der Schwermuth wurd' ich ernst, vertiefte mich
In den Zweck, in des Helden Würd', in den Grundton,
Den Verhalt, den Gang, strebte, geführt von der
                                       Seelenkunde,
Zu ergründen: Was des Gedichts Schönheit sey?

Flog, und schwebt' umher unter des Vaterlands Denkmaalen,
Suchte den Helden, fand ihn nicht; bis ich zuletzt
Müd' hinsank; dann wie aus Schlummer geweckt, auf Einmal
Rings um mich her wie mit Donnerflammen es strahlen sah!

Welch Anschaun war es! Denn Ihn, den als Christ, ich liebte,
Sah ich mit Einem schnellen begeisterten Blick,
Als Dichter, und empfand: Es liebe mit Innigkeit
Auch der Dichter den Göttlichen!

Erstaunt über Seine so späte Wahl, dacht' ich nur Ihn!
Vergaß selbst der gedürsteten Unsterblichkeit,
Oder sahe mit Ruh das betrümmerte Gestade,
Die Wog', und den Sturm!

Strenges Gesetz grub ich mir ein in Erzt: Erst müsse das
                                      Herz
Herscher der Bilder seyn; beginnen dürf' ich erst,
Wäre das dritte Zehend des Lebens entflohn:
Aber ich hielt es nicht aus, übertrat, und begann!

Die Erhebung der Sprache,
Ihr gewählterer Schall,
Bewegterer, edlerer Gang,
Darstellung, die innerste Kraft der Dichtkunst;

Und sie, und sie, die Religion,
Heilig sie, und erhaben,
Furchtbar, und lieblich, und groß, und hehr,
Von Gott gesandt,

Haben mein Maal errichtet. Nun stehet es da,
Und spottet der Zeit, und spottet
Ewig gewähnter Maale,
Welche schon jetzt dem Auge, das sieht, Trümmern sind.

Oden über Sprache und Dichtung

ÄSTHETIKER
(1782)

Bürdet ihr nicht Satzungen auf dem geweihten
Dichter? erhebt zu Gesetz sie? und dem Künstler
Ward doch selbst kein Gesetz gegeben,
Wie's dém Gerechten nicht ward.

Lernt: Die Natur schrieb in das Herz sein Gesetz ihm!
Thoren, er kent's, und sich selbst streng, ist er Thäter;
Komt zum Gipfel, wo ihr im Antritt,
Gehet ihr einmal, schon sinkt.

Regelt ihr gar lyrischen Flug: o so treft ihr
's Aug' in den Stern dem Gesange der Alzäe,
Treft, je schöner es blickt, je stärker
Ihr's mit der passenden Faust.

Ist auch ein Lied, würdig Apolls, der Achäer
Trümmern entflohn, der Quiriten, ein Melema,
Oder Eidos, nur eins der Chöre
Sophokles, dem ihr nicht treft?

DIE SPRACHE
An Karl Friedrich Cramer
(1782)

Des Gedankens Zwilling, das Wort scheint Hall nur,
Der in die Luft hinfließt: heiliges Band
Des Sterblichen ist es, erhebt
Die Vernunft ihm, und das Herz ihm!

Und er weiß es; denn er erfand, durch Zeichen
Fest, wie den Fels, hinzuzaubern den Hall!
Da ruht er; doch kaum, daß der Blick
Sich ihm senket, so erwacht er.

Es erreicht die Farbe dich nicht, des Marmors
Feilbare Last, Göttin Sprache, dich nicht!
Nur weniges bilden sie uns:
Und es zeigt sich uns auf Einmal.

Dem Erfinder, welcher durch dich des Hörers
Seele bewegt, that die Schöpfung sich auf!
Wie Düften entschwebt, was er sagt,
Mit dem Reize der Erwartung,

Mit der Menschenstimme Gewalt, mit ihrem
Höheren Reiz, höchsten, wenn sie Gesang
Hinströmet, und inniger so
In die Seele sich ergießet.

Doch, Erfinder, täusche dich nicht! Für dich nur
Ist es gedacht, was zum Laute nicht wird,
Für dich nur; wie tief auch, wie hell,
Wie begeisternd du es dachtest.

Die Gespielen sind ihr zu lieb der Sprache;
Trenne sie nicht! Enge Fessel, geringt
An lemnischer Esse, vereint
Ihr den Wohlklang, und den Verstanz.

Harmonie zu sondern, die so einstimmet,
Meidet, wer weiß, welcher Zweck sie verband:
Die Trennungen zwingen zu viel
Des Gedachten zu verstummen.

Von dem Ausland, Deutsche, das Tanz des Liedes
Klagend entbehrt, lernet ganz, was es ist,

Dem viele von euch, wie Athen
Ihm auch horchte, noch so taub sind.

Und es schwebt doch kühn, und gewiß Teutona
Wendungen hin, die Hellänis so gar
Nicht alle, mit stolzem Gefühl
Des Gelingens, sich erköhre.

Den Gespielen lasset, und ihr der Göttin
Blumen uns streun: Himmelschlüsseln dem Klang,
Dem Tanz' Hiazinten, und ihr
Von den Rosen, die bemoost sind.

Sie entglühen lieblicher, als der Schwestern
Blühendster Busch, duften süßern Geruch;
Auch schmückt sie ihr mosig Gewand,
Und durchräuchert ihr Gedüfte.

AN JOHANN HEINRICH VOSS
(1784)

Zween gute Geister hatten Mäonides
Und Maro's Sprachen, Wohlklang und Silbenmaß.
Die Dichter wallten, in der Obhut
Sichrer, den Weg bis zu uns herunter.

Die spätern Sprachen haben des Klangs noch wohl;
Doch auch des Silbenmaßes? Statt dessen ist
In sie ein böser Geist, mit plumpem
Wörtergepolter, der Reim, gefahren.

Red' ist der Wohlklang, Rede das Silbenmaß;
Allein des Reimes schmetternder Trommelschlag
Was der? was sagt uns sein Gewirbel,
Lermend und lermend mit Gleichgetöne?

Dank unsern Dichtern! Da sich des Kritlers Ohr,
Fern von des Urtheils Stolze, verhörete;
Verließen sie mich nicht, und sangen
Ohne den Lerm, und im Ton des Griechen.

So weit wie Maro kam und Mäonides
Mit Liedestanze, kämen mit ihrem Reim
Die Neuern? unter seinem Schutze
Sichrer im Gange, da ganz hinunter?

Dank euch noch Einmal, Dichter! Die Sprache war
Durch unsern Jambus halb in die Acht erklärt,
Im Bann der Leidenschaften Ausdruck,
Welcher dahin mit dem Rithmus strömet.

Wenn mir der Ruf nicht fabelt; verschmähet selbst
Der Töne Land dieß Neue: und dennoch ist
Die Sprache dort die muttergleichste
Unter den Töchtern der Romanide.

Weil denn in dieser Höhe die Traub' euch hängt;
So hab' ich Freundes Mitleid mit euch, daß sie
So gar es nicht vermag, die schönste
Unter den Töchtern der Romanide.

Die Sprachen alle stutzen, Begeistrung, oft,
Gebeutst du, tönen soll es, wovon du glühst!
Soll dir von allen deinen Flammen
Keine bewölkender Dampf verhüllen!

Beklagt den Dichter, wenn es der seinen jetzt
Gar an der Nothdurft Scherfe gebricht, ihr jetzt,
Wo sich dem Geist das Wort nicht nachschwingt,
Nicht die Bewegung die Schwesterhand beut:

Wenn er in ihr Anlage zum Silbenmaß
Ausforscht, und gleichwohl schüchtern dieß Gold nicht gräbt;

Fühlt, wie des Liedes Ernst der Reime
Spiele belachen, und doch sie mitspielt.

Des Guten mangelt viel ihm; des Schlimmen hat
Er viel. Und jetzo komt die Begeisterung,
Gebeut! Schnell blutet sie vom Dolch des
Stamlers! ihr Auge verlischt, sie sinket!

DIE DEUTSCHE BIBEL
(1784)

Heiliger Luther, bitte für die Armen,
Denen Geistes Beruf nicht scholl, und die doch
Nachdolmetschen, daß sie zur Selbsterkentniß
Endlich genesen!

Weder die Sitte, noch der Sprache Weise
Kennen sie, und es ist der reinen Keuschheit
Ihnen Märchen! was sich erhebt, was Kraft hat,
Edleres, Thorheit!

Dunkel auf immer ihnen jener Gipfel,
Den du muthig erstiegst, und dort des Vater-
Landes Sprache bildetest, zu der Engel
Sprach', und der Menschen.

Zeiten entflohn: allein die umgeschafne
Blieb; und diese Gestalt wird nie sich wandeln!
Lächeln wird, wie wir, sie dereinst der Enkel,
Ernst sie, wie wir, sehn.

Heiliger Luther, bitte für die Armen,
Daß ihr stammelnd Gered' ihr Ohr vernehme,
Und sie dastehn, Thränen der Reu im Blick, die
Hand auf dem Munde!

UNSRE SPRACHE AN UNS

Im November 1796

Nazion, die mich redet, du willst es also auf immer
Dulden, daß der Deinen so viel mich verbilden? Gestalt mir
Geben, die einst ich von dir nicht empfing? daß sie meines
                                        Schwunges
Weise Kühnheit mir rauben? mich mir selbst?

Unterwürfige Dulderinn, nun so schlummre denn! Ich bin
Deiner, wie einst du warest, nicht würdig, oder ich duld' es
Länger nicht, und ich lass' hinsterben den neuen Unton,
Gleich dem Nachhall', und bleibe, die ich war.

Weil ich die bildsamste bin von allen Sprachen; so träumet
Jeder pfuschende Wager, er dürfe getrost mich gestalten,
Wie es ihn lüste? Man dehnt mir zum Maule den Mund; mir
                                        werden
Von den Zwingern die Glieder sogar verrenkt.

Selbst Umschaffungen werden gewagt. So entstellte die Fabel
Venus zum Fisch', Apollo zum Raben, zur Tigerinn Thetis,
Delius Schwester zur Katze, zum Drachen den Epidaurer,
Und zu der Heerde Führer dich, Jupiter.

Wer mich verbrittet, ich hass' ihn! mich gallizismet, ich hass'
                                        ihn!
Liebe dann selbst Günstlinge nicht, wenn sie mich zur
                                        Quiritinn
Machen, und nicht, wenn sie mich verachä'n. Ein erhabnes
                                        Beispiel
Ließ mir Hellänis: Sie bildete sich durch sich!

Meiner Schwester Hellänis Gesang ist Gesang der Sirenen;
Aber sie will nicht verführen. Ich wär die Schuldige; folgt' ich,
Gleich 'ner Sklavinn, ihr nach! Dann kränzte mich nicht der
                                        Lorber,
Daphne zuvor, nicht die Eiche, die Hlyn einst war.

Zeitgedichte

SIE, UND NICHT WIR

An La Rochefoucauld

(1790)

Hätt' ich hundert Stimmen; ich feyerte Galliens Freyheit
  Nicht mit erreichendem Ton, sänge die göttliche schwach.
Was vollbringet sie nicht! So gar das gräßlichste aller
  Ungeheuer, der Krieg, wird an die Kette gelegt!
Cerberus hat drey Rachen; der Krieg hat tausend: und
                                          dennoch
  Heulen sie alle durch dich, Göttin, am Fesselgeklirr.
Ach mein Vaterland! Viel sind der Schmerzen; doch lindert
  Sie die heilende Zeit, und sie bluten nicht mehr.
Aber es ist Ein Schmerz, den sie nie mir lindert! und kehrte
  Mir das Leben zurück; dennoch blutet' er fort!
Ach du warest es nicht, mein Vaterland, das der Freyheit
  Gipfel erstieg, Beyspiel strahlte den Völkern umher:
Frankreich wars! du labtest dich nicht an der frohsten der
                                          Ehren,
  Brachest den heiligen Zweig dieser Unsterblichkeit nicht!
O ich weiß es, du fühlest, was dir nicht wurde; die Palme,
  Aber die du nicht trägst, grünet so schön, wie sie ist,
Deinem kennenden Blick. Denn ihr gleicht, ihr gleichet die
                                          Palme,
  Welche du dir brachst, als du die Religion
Reinigtest, sie, die entweiht Despoten hatten, von neuem
  Weihtest, Despoten voll Sucht Seelen zu fesseln! voll Blut,
Welches sie strömen ließen, so bald der Beherschte nicht
                                          glaubte,
  Was ihr taumelnder Wahn ihm zu glauben gebot.
Wenn durch dich, mein Vaterland, der beschornen Despoten
  Joch nicht zerbrach; so zerbrach das der gekrönten itzt
                                          nicht.

Könt' ein Trost mich trösten; er wäre, daß du vorangingst
  Auf der erhabenen Bahn! aber er tröstet mich nicht.
Denn du warest es nicht, das auch von dem Staube des
                                  Bürgers
  Freyheit erhob, Beyspiel strahlte den Völkern umher;
Denen nicht nur, die Europa gebar. An Amerika's Strömen
  Flamt schon eigenes Licht, leuchtet den Völkern umher.
Hier auch winkte mir Trost, er war: In Amerika leuchten
  Deutsche zugleich umher! aber er tröstete nicht.

DER FREYHEITSKRIEG
(1792)

Weise Menschlichkeit hat den Verein zu Staaten erschaffen,
  Hat zum Leben das Leben gemacht!
Wilde leben nicht; sie sind jetzt Pflanzen, dann athmen
  Sie als Thier' ohne Seelengenuß.
Hoch stieg in Europa empor des Vereins Ausbildung,
  Naht dem letzten der Ziele stets mehr;
Ist nicht des Zeichners Entwurf, ist beynahe Künstler-
                                  vollendung,
  Raphaels, oder Angelo's Werk,
Raphaels, oder Angelo's Werk, wenn der Zauber der Farb'
                                     auch
  Hier und da Verzeichnung beschönt.
Aber so bald die Beherscher der Nazionen statt ihrer
  Handeln; dann gebeut kein Gesetz,
Das dem Bürger gebeut, dann werden die Herschenden
                                    Wilde,
  Löwen, oder entzündendes Kraut.
Und jetzt wolt ihr sogar des Volkes Blut, das der Ziele
  Letztem vor allen Völkern sich naht,
Das, die belorberte Furie, Krieg der Erobrung, verbannend,
  Aller Gesetze schönstes sich gab;
Wolt das gepeinigte Volk, das Selbstretter, der Freyheit

Gipfel erstieg, von der furchtbaren Höh,
Feuer und Schwert in der Hand, herunter stürzen, es
zwingen
Wilden von neuem dienstbar zu seyn;
Wolt, daß der Richter der Welt, und, bebt, auch eurer, dem
Menschen
Rechte nicht gab, erweisen durch Mord!
Möchtet ihr, ehe das Schwert von der Wunde triefet, der
Klugheit
Ernste, warnende Winke verstehn!
Möchtet ihr sehn! Es entglüht schon in euren Landen die
Asche,
Wird von erwachenden Funken schon roth.
Fragt die Höflinge nicht, noch die mit Verdienste gebornen,
Deren Blut in den Schlachten euch fließt;
Fragt, der blinken die Pflugschaar läßt, die Gemeinen des
Heeres,
Deren Blut auch Wasser nicht ist:
Und durch redliche Antwort erfahret ihr, oder durch lautes
Schweigen, was in der Asche sie sehn.
Doch ihr verachtet sie. Spielt denn des neugestalteten Krieges
Nie versuchtes, schreckliches Spiel,
Alzuschreckliches! Denn in den Kriegen werden vergötzten
Herschern Menschenopfer gebracht.
Sterbliche wissen nicht, was Gott thun wird: doch gewahren
Sie, wenn große Dinge geschehn,
Jetzt sein langsames Wandeln, jetzt donnernden Gang der
Entscheidung,
Der mit furchtbarer Eil' es vollbringt.
Wer zu täuschen vermag, und mich liebt, der täuscht den
Erlebung
Wünschenden, weissagt donnernden Gang.

MEIN IRRTHUM

(1793)

Lange hatt' ich auf sie, forschend geschaut,
Auf die redenden nicht; die Thäter! war,
Bey den Maalen der Geschichte
Wandelnd, den Franken gefolgt.

Die an Völkern du rächst, Königen rächst,
Priestern, die Menschheit, wie war's, Geschichte, voll
Von Gemählden, die der Gute,
Bleich vor Entsetzen erblickt.

Dennoch glaubt' ich, und ach Wonne war mir,
Morgenröthlicher Glanz der goldne Traum!
War ein Zauber, wie gehofter
Liebe, dem trunkenen Geist!

Freyheit, Mutter des Heils, daucht' es mich, du
Würdest Schöpferin seyn, die Glücklichen,
Die so ganz du dir erkohrest,
Umzuschaffen gesandt!

Bist du nicht Schöpferin mehr? oder sind sie
Nicht umschafbar, die du entfesseltest?
Ist ihr Herz Fels, und ihr Auge
Nacht zu sehn, wer du bist?

Deine Seel' ist Gesetz! Aber ihr Blick
Wird des Falken, ihr Herz wird Feuerstrom;
Ha er funkelt, und es glühet;
Wenn das Ungesetz winkt.

Dieses kennen sie, dich kennen sie nicht!
Das das lieben sie! Doch dein Name tönt.
Wenn die Guten das verruchte
Schwert trift: schallt es von dir!

Freyheit, Mutter des Heils, nanten sie dich
Nicht selbst da noch, als nun Erobrungskrieg,
Mit dem Bruche des gegebnen
Edlen Wortes, begann?

Ach des goldenen Traums Wonn' ist dahin,
Mich umschwebet nicht mehr sein Morgenglanz,
Und ein Kummer, wie verschmähter
Liebe, kümmert mein Herz.

Müde labet auch wohl Schatten am Weg'
In der Öde, der weit umher sich krümt;
So hat jüngst mich die erhabne
Männin, Kordä gelabt.

Richter schändeten sich, sprachen es los
's Ungeheuer: sie sprach nicht los, und that,
Was mit Glut einst auf der Wange,
Thränen, der Enkel erzählt.

DER EROBRUNGSKRIEG
(1793)

Wie sich der Liebende freut, wenn nun die Geliebte, der
                                        hohen
  Todeswog' entflohn, wieder das Ufer betritt;
Oft schon hatt' er hinunter geschaut an dem Marmor des
                                        Strandes,
  Immer neuen Gram, Scheiter und Leichen gesehn;
Endlich sinket sie ihm aus einem Nachen, der antreibt,
  An das schlagende Herz, siehet den lebenden! lebt!
Oder wie die Mutter, die harrend und stumm an dem Thor
                                        lag
  Einer durchpesteten Stadt, welche den einzigen Sohn
Mit zahllosen Sterbenden ihr, und Begrabenen einschloß,

Und in der noch stets klagte das Todtengeläut,
Wie sie sich freuet, wenn nun der rufende Jüngling
                                        herausstürzt,
   Und die Botschaft selbst, daß er entronnen sey, bringt.
Wie der trübe, bange, der tieferschütterte Zweifler,
   (Lastende Jahre lang trof ihm die Wunde schon fort)
Bey noch Einmal ergrifner, itzt festgehaltener Wagschal,
   Sehend das Übergewicht, sich der Unsterblichkeit freut!
Also freut' ich mich, daß ein großes, mächtiges Volk sich
   Nie Eroberungskrieg wieder zu kriegen entschloß;
Und daß dieser Donner, durch sein Verstummen, den
                                        Donnern
   Anderer Völker, dereinst auch zu verstummen, gebot.
Jetzo lag an der Kette das Ungeheuer, der Greuel
   Greuel! itzt war der Mensch über sich selber erhöht!
Aber, weh uns! sie selbst, die das Unthier zähmten,
                                        vernichten
   Ihr hochheilig Gesetz, schlagen Erobererschlacht.
Hast du Verwünschung, allein wie du nie vernahmst, so
                                        verwünsche!
   Diesem Gesetz glich keins! aber es sey auch kein Fluch
Gleich dem schrecklichen, der die Hochverräther der
                                        Menschheit,
   Welche das hehre Gesetz übertraten, verflucht.
Sprechet den Fluch mit aus, ihr blutigen Thränen, die jetzo
   Weint, wer voraussieht; einst, wen das Gesehene trift.
Mir lebt nun die Geliebte nicht mehr: der einzige Sohn nicht!
   Und der Zweifler glaubt mir die Unsterblichkeit nicht!

DER SIEGER

(1795)

Kränzet mein Haupt, Lorber des Siegs: Mit des Manns
          Kraft
Hab' ich gekämpft. Die Verkennung, die Entedlung
Dessen, was sie erhöht die Menschen,
Was sie zu Menschen macht!

Zeigten sich mir; ach und der Gram, und der Abscheu
Fielen mich an, mich mit Wuth an das Entsetzen!
Wonn'! ich habe gesiegt, geworden
Bin ich nicht Menschenfeind.

Heiß war der Kampf, daurend, es galt um des Lebens
Ruh! Denn erlag der bekämpfte; so verlosch mir
Jede Freude! die Welt war stumme
Öde mir! Tag war Nacht!

AUCH DIE NACHWELT

Im Januar 1799

Einst wütet' eine Pest durch Europa's Nord,
Genant der schwarze Tod. Wenn der schwärzere,
Die sittliche, mit der ihr heimsucht,
Sich nur nicht auch zu dem Norden hinwölkt.

Geschaudert hat vor euch mich, ihr Raubenden,
Und dennoch Stolzen! die ihr die Freyheit nent,
Und Alles dann, was Menschenwohl ist,
Stürzet, zermalmt, und zu Elend umschaft!

Gezürnet hab' ich, und der Gerechtigkeit
Zorn war es, welcher mir mit der Flamme Kraft

Das Herz durchdrang! Doch vor dem schwermuts-
Nahen Gefühle des Grams entfloh er.

Ich will nicht wieder zürnen, nicht schaudern, will
Nicht trauren. Ruhig blicket die Kält' herab,
Wenn sie ihr Endurteil nun spricht. Ihr
Stolzen und Niedrigen ... (Menschenfeindschaft

Bekämpft' umsonst mich! Darum sey euch allein
Mein Wort gewidmet, treffe nicht mit wer Mensch
Blieb, ob er wohl auch Frevel that) ihr
Stolzen und Raubenden, ich veracht' euch.

Wer von den Franken, daß ich verachten muß,
Mitfühlt, der treufelt Traurender Zähr' herab,
Und weiht die edle mir, der leidend
Nahm von der Wahrheit Gesicht den Schleyer.

Und dieses Leiden trübet denn jetzo den,
Der einst, von heißen frohen Erwartungen
Durchdrungen, in der Frühe Schauer,
Galliens werdenden Tag begrüßte.

Gedrängte Scharen sprechen mit mir mein Wort
Von euch, entstirnte Freyheitsvertilger, aus!
Des Enkels Sohn, und dieses Ursohn
Hallet es wieder. Auch er verachtet.

Wähnt nicht, er lass' es je der Vergessenheit.
Denn drohte die; er grüb' es in Marmor ein,
Grüb's ein in Erzt! Doch was bedarf er
Felsen? was Erzt? Er bewahrt's im Herzen!

Erinnerungsoden der Spätzeit

DER FROHSINN
(1784)

Voller Gefühl des Jünglings, weil' ich Tage
Auf dem Roß', und dem Stahl', ich seh des Lenzes
Grüne Bäume froh dann, und froh des Winters
Dürre beblütet.

Und der geflohnen Sonnen, die ich sahe,
Sind so wenig doch nicht, und auf dem Scheitel
Blühet mir es winterlich schon, auch ist es
Hier und da öde.

Wenn ich dieß frische Leben regsam athme;
Hör' ich dich denn auch wohl, mit Geistes Ohre,
Dich dein Tröpfchen leises Geräusches träufeln,
Weinende Weide.

Nicht die Zipresse, denn nur traurig ist sie;
Du bist traurig und schön, du ihre Schwester,
O es pflanze dich an das Grab der Freund mir,
Weide der Thränen!

Jünglinge schlummern hin, und Greise bleiben
Wach. Es schleichet der Tod nun hier, nun dort hin,
Hebt die Sichel, eilt, daß er schneide, wartet
Oft nicht der Ähre.

Weiß auch der Mensch, wenn ihm des Todes Ruf schallt?
Seine Antwort darauf? Wer dann mich klagen
Hört, verzeih dem Thoren sein Ach; denn glücklich
War ich durch Frohsinn!

DAS GEGENWÄRTIGE

(1789)

Ehmals verlor mein fliegender Blick in des Lebens
Künftiges sich, und ich schuf dann, was mir Wunsch war,
Fast zu Wirklichkeit: seine Freuden
Hatte das schöne Phantom!

Denn das Gesetz der Mäßigung wurd' ihm gegeben,
Wurde gethan mit der Strenge, die zu Hofnung
Leitet: aber der Wunsch ist dann selbst
Thor, wenn er Hofnung verdient.

Freue dich deß, das da ist! so sagt' ich mir öfter,
Als dem Getäusch ich es zuließ mir zu gleißen:
Sagt' es, thats! und erlebt' auch, was sich
Über Gewünschtes erhob.

Jetzo verweilt der festere Blick in des Lebens
Vorigem sich, und ich fühle, was dahinfloh,
Fast, als hielt' ich's noch: süße Freuden
Giebt es mir, war nicht Phantom!

Freue dich deß, das da ist! so sag' ich mir dennoch
Jetzt auch. Obwohl sich der Scheitel mit des Alters
Blüthenhaare mir deckt; ich wandle
Froh um das nähere Grab.

Aber ich werd' auch Leiden gewahr im Vergangnen,
Wehmuth! es geht mit den Leichen der Geliebten
Mir vorbei: wie vermöcht' ich dann mich
Dessen, das da ist, zu freun!

DIE ERINNERUNG

An Ebert nach seinem Tode

(1795)

Graun der Mitternacht schließt mich nicht ein,
Ihr Verstummen nicht; auch ist, in dem Namen der heiligen
Freyheit, jüngst kein Mord geschehn: dennoch ist mir
Ernst die ganze Seele.

Liebliches Wehn umsäuselt mich;
Wenig ist nur des Laubes, das fiel; noch blühn der Blumen;
Dem Herbste gelingt Nachbildung des Sommers:
Aber meine ganze Seel' ist ernst!

Ach mich reißt die Erinnerung fort, ich kann nicht
                                    widerstehn!
Muß hinschauen nach Grabstäten, muß bluten lassen
Die tiefe Wund', aussprechen der Wehmuth Wort:
Todte Freunde, seyd gegrüßt!

DAS VERLÄNGERTE LEBEN

(1796)

Ja du bist es, du komst, süße Verneuerin,
    Ach Erinrung der Zeit, die floh.
Inniger freust du mich oft, als die Erblickung mich,
    Als mich Stimmen des Menschen freun.
Du erschafst mir kein Bild von dem Verschwundenen,
    Scheinst zu wandeln in Wirkliches.
Längeres Leben wird uns, Gute, wenn uns den Schmerz
    Wiederkehr des Genoßnen scheucht:
Denn die Stunde, die uns traurig umwölkt, gehört
    Zu den Stunden des Lebens nicht.
Wie am Feste, das sie damals ihr feyerten,
    Da noch Freyheit die Freyheit war,

In den Kränzen umher auf den elisischen
  Feldern Blumen an Blumen sich
Lachend reihten, so reihn sich mit vereinter Hand
  Jene süßen Erwachenden,
Die aus der Nacht des Vergangs mir die Erinnerung
  Vor der Seele vorüberführt.
Kiesen soll ich daraus, singen mit trunknem Ton
  Eine der Sonnen, die einst mir schien.
Kann ich es? Wer sich im Strom frischet, bemerket die
  Kühlung einzelner Wellen nicht.

AN DIE NACHKOMMENDEN FREUNDE

(1796)

Unter Blumen, im Dufte des röthlichen Abends, in frohes
  Lebens Genuß,
Das, mit glücklicher Täuschung, zu jugendlichem sich dichtet,
  Ruh' ich, und denke den Tod.
Wer schon öfter als siebzigmal die Lenze verblühn, sich
  Immer einsamer sah,
Solte der Vergesser des Todes seyn, des Geleiters
  In die schönere Welt.
Wünschet' ich mir den Beginn zu erleben des neuen
                                        Jahrhunderts;
  Wäre der Wunsch nicht ein Thor?
Denn oft säumet, zwischen dem Tod' und dem Leben, ein
                                        Schlummer-
  Leben; ist nicht Leben, nicht Tod!
Und wie würde das mich bewölken, der immer sich jedem
  Schlummer entriß.
Trennung von den Geliebten, o könt' ich deiner vergessen;
  So vergäß' ich des Todes mit dir.
Doch nichts schreckliches hat der Gestorbne. Nicht den
                                        verwesten
  Sehen wir, sehn nicht Gebein;

Stumme Gestalt nur erblicken wir, bleiche. Ist denn des
Mayes
Blume nicht auch, und die Lilie weiß?
Und entfloh nicht die Seele des blumenähnlichen Todten
In die Gefilde des Lichts,
Zu den Bewohnern des Abendsterns, der Winzerin, Maja's,
Oder Apollo's empor,
Zu des Arktur, Zynosura's, des Sirius, oder der Ähre,
Asteropens, Zeleno's empor?
Oder vielleicht zu jenes Kometen? der flammend vor Eile,
Einst um die Sonne sich schwang,
Welche der schöneren, die der Erde strahlet, ihn sandte
Auf der unendlichen Bahn.
Glänzender flog der Komet, und beynah der sendenden
Sonne
Unaufhaltbar, so schnell
Schwang der liebende sich. Er liebt die Erde. Wie freut er,
Als er endlich näher ihr schwebt,
Da sich des Wiedersehns! Zu der Erde schallt ihm die Stimme
Aus den jungen Hainen hinab,
Aus den Thalen der Hügel, der Berge nicht; und die Winde
Heißt er mit leiserem Fittige wehn:
Alle Stürme sind ihm verstumt, und am ehernen Ufer
Schweigt das geebnete Meer.

DAS WIEDERSEHN

(1797)

Der Weltraum fernt mich weit von dir,
So fernt mich nicht die Zeit.
Wer überlebt das siebzigste
Schon hat, ist nah bey dir.

Lang sah ich, Meta, schon dein Grab,
Und seine Linde wehn;

Die Linde wehet einst auch mir,
Streut ihre Blum' auch mir,

Nicht mir! Das ist mein Schatten nur,
Worauf die Blüthe sinkt;
So wie es nur dein Schatten war,
Worauf sie oft schon sank.

Dann kenn' ich auch die höhre Welt,
In der du lange warst;
Dann sehn wir froh die Linde wehn,
Die unsre Gräber kühlt.

Dann .. Aber ach ich weiß ja nicht,
Was du schon lange weißt;
Nur daß es, hell von Ahndungen,
Mir um die Seele schwebt!

Mit wonnevollen Hofnungen
Die Abendröthe komt:
Mit frohem, tiefen Vorgefühl,
Die Sonnen auferstehn!

WINTERFREUDEN

(1797)

Also muß ich auf immer, Kristall der Ströme, dich meiden?
  Darf nie wieder am Fuß schwingen die Flügel des Stahls?
Wasserkothurn, du warest der Heilenden einer; ich hätte,
  Unbeseelet von dir, weniger Sonnen gesehn!
Manche Rose hat mich erquickt; sie verwelkten! und du
                                                liegst,
  Auch des Schimmers beraubt, liegest verrostet nun da!
Welche Tage gabest du mir! wie begannen sie, wenn sich
  In der Frühe Glanz färbte noch bleibender Reif;

Welche Nächte, wenn nun der Mond mit der Heitre des
                              Himmels,
  Um der Schönheit Preis, siegend stritt, und besiegt.
Dann war leichter der Schwung, und die Stellung unkünst-
                              licher, froher
  Dann der rufenden Laut, blinkete heller der Wein,
Und wie war der Schlaf der endlich ermüdeten eisern,
  Wie unerwecklich! Wer schlief jemals am Baume wie wir?
Aber es kam mit gebotnem Gepolter der Knecht; und wir
                              sahen
  Wieder den farbigen Reif, wieder den Schimmer der
                              Nacht.
Der du so oft mit der labenden Glut der gefühlten
                              Gesundheit
  Mich durchströmetest, Quell längeres Lebens mir warst,
Wenn ich vorüberglitt an hellbeblütheten Ulmen;
  (Schnee war die Blume;) der Bahn warnende Stimme
                              vernahm,
Mit nachhorchendem Ohr; auch wohl hinschwebt' an der
                              Ostsee,
  Zwischen der Sonne, die sank, und dem Monde, der stieg;
Oder wenn, den die Flocken zu tausenden in sich verhüllten,
  Und den schwindelte, Sturm auf das Gestade mich warf:
Ach einst wurdest du mir, Kothurn, zum tragischen! führtest
  Mich auf jüngeres Eis, welches dem eilenden brach;
Bleich stand da der Gefährt; mein Schutzgeist gab mir
                              Entschluß ein;
 • Jener bebte nicht mehr: und die Errettung gelang.
Als sie noch schwankend schien, da rührte mich innig des
                              Himmels
  Lichtere Bläue, vielleicht bald nun die letzte für mich!
Dank dir noch Einmal, Beindorf, daß du mich rettetest!
                              Dir kam
  Lang schon die letzte; mir macht sie die Erde noch schön.

DER SEGEN

(1800)

Schon lange ruhst du, liebende Julia,
In deinem Grabe, du, die den Vater mir
Deinen ersten, und bald
Einzigen Sohn gebahr.

Viel Einsiedler der Gruft deckt die Vergessung auch.
Nie vergaß ich dich, niemals vergess' ich dich!
Dein Liebling war ich, und du erhobst mich,
Durch deinen frommen Wandel, zuerst zu Gott.

Ich kam von der Limmat, flog zu den Belten.
Verlassen hatt' ich dich jüngst noch frisches
Alters; allein wehe mir, (ich fühl' es noch jetzt!)
Wie fand ich dich wieder!

Die bleichere saß, den Fuß auf doppelte
Teppiche hingesenkt,
Den Stab in der Hand, starrend das Auge; die Stimme war
Nicht Stimme. Nur einzelne kalte Wort' athmete sie:

Nahm an dem Schicksal ihres so sehr und so lang geliebten
Enkels nicht Antheil mehr. Durch den Vater froh,
Froh durch die Mutter, wanket' ich oft zu ihr,
Und saß dann mit ihr an ihrem Grabe.

Der Scheidung finsterer Abend kam.
Er wurd' ihr verborgen,
Aber von ihr geweissagt.
Schon war ich wankend aufgestanden,

Schnell stand auch sie,
Kaum bedürfend des stützenden Stabes!
Sie richtete hoch das Haupt auf. Ihr Auge war

Wieder Auge geworden,
Stimme wieder die Stimme!
Sie legte mir auf die Stirne die Hand,
Und die begeisterte segnete mich.

Himmlische Worte strömeten ihr!
In der Wonne und der Wehmut sank ich beynah;
Aber sie wäre ja mitgesunken:
Dieß nur hielt den erschütterten.

3 DER LEHRLING DER GRIECHEN

Die erste erhaltene Ode Klopstocks. Wahrscheinlich im Frühjahr 1747 entstanden, aber erst 1771 in überarbeiteter Form gedruckt.

Smintheus Anakreons: Smintheus ist ein Beiname Apolls, des Dichtergottes; Anakreon, antiker Dichter der Liebe und des Weines. Smintheus Anakreons also: des Anakreon, der ein Liebling Apolls war.

Fabelhafte Gespielinnen: Bei Anakreon werden die Tauben als Gefährten des Dichters besungen.

mäonisch Ohr: Mäonides ist ein Beiname Homers. Mäonisch Ohr bedeutet: ein für die Poesie empfängliches Ohr.

Der zu dunkel die Singer ist: Elisabeth Singer. Englische Dichterin (1674–1738). Bekannter unter dem Namen ihres Gatten Rowe. Die von der Singer verfaßten Briefe Verstorbener an Lebende wurden von Klopstock in seiner Frühzeit schwärmerisch verehrt.

4 DIE KÜNFTIGE GELIEBTE

Ist Cidli dein feyrlicher Name: Mit Cidli ist hier noch nicht Meta Moller gemeint.

Singer, die Joseph ... besang: Elisabeth Singer (Rowe) schrieb eine Erzählung *Joseph,* auf die Klopstock hier anspielt.

8 BARDALE

Ursprüngliche Überschrift „Aedon", griechisch, die Nachtigall. „Bardale" eine germanisierende Neubildung. Klopstock ersetzte in dieser Ode bei ihrer Überarbeitung für die Odenausgabe von 1771 durchgängig die Begriffe aus der griechischen Mythologie durch entsprechende Vorstellungen aus der nordischen Mythologie.

Iduns goldene Schaale: Iduna, eine Gottheit der nordischen Mythologie, reicht den Göttern in goldener Schale Äpfel, deren Genuß Unsterblichkeit verleiht.

11 AN FANNY

Bemerkenswert ist an diesem Gedicht der über zwanzig Zeilen sich spannende Bogen der Konditionalsätze. Diese soge-

nannte Wenn-Periode begegnet besonders in den Frühdich-
tungen Klopstocks häufiger (*An Ebert*, S. 41) und dient meist
der Entfaltung eines Zukunftsbildes.

Zur Wenn-Periode vgl.: K. L. Schneider, *Klopstock und
die Erneuerung der deutschen Dichtersprache im 18. Jahrhun-
dert.* S. 92–96. G. Kaiser, *Klopstock.* Religion und Dichtung.
S. 312–315.
Die Stunde, die uns nach der Zypresse ruft: Zypresse hier als
Symbol des Todes.

12 DER ABSCHIED

Die Stimme Salems: Salem ist der Engel und Schutzgeist der
Liebenden. Siehe Klopstocks Ode *Salem.*
Mein Schmidt: Joh. Christoph Schmidt (1727–1807) ist Fannys
Bruder, Klopstocks Freund und Studiengefährte. Als weimari-
scher Rat und Kammerpräsident wurde Schmidt später Goethes
Kollege.
Popen und Addison: Alexander Pope (1688–1744) und Joseph
Addison (1672–1719). Von Klopstock verehrte englische Dich-
ter.
Den Sänger Adams: Hiermit ist Milton gemeint, dessen *Para-
dise Lost* bekanntlich großen Einfluß auf die ersten Gesänge
des *Messias* ausgeübt hat.
Die fromme Singer: Elisabeth Singer (Rowe). Vgl. Anmer-
kungen zu *Der Lehrling der Griechen.*
die Radikin: die Verlobte von Klopstocks Freund Johann
Andreas Cramer.
meinen Bruder, der blühte, schnell abfiel: Klopstocks Bruder
Johann Christian, der 1733 im Alter von fünf Jahren starb.
und liebe Rothen: Heinrich Gottlieb Rothe, ein Freund
Klopstocks.

18/19 AUF MEINE FREUNDE / WINGOLF

Die äußere Anregung zu diesem großen Freundschaftsgedicht
gewann Klopstock wahrscheinlich durch Samuel Gotthold
Langes Ode *Die Freunde* (in: *Horatzische Oden.* 1747). Die
erste Fassung von Klopstocks Hymnus auf die Freundschaft
(*Auf meine Freunde*) ist in der zweiten Hälfte des Jahres
1747 entstanden. 1767 hat Klopstock das gesamte Gedicht
einer Umarbeitung unterzogen, wobei die Unterteilung in
acht Lieder vorgenommen, vor allem aber durchgängig die

griechische Mythologie mit entsprechenden Vorstellungen aus der nordischen Mythologie ausgetauscht worden ist. Die äußerliche Aufteilung in acht Lieder in der Fassung von 1767 *(Wingolf)* hat übrigens am Aufbau des Gedichtes nichts geändert, sondern lediglich die schon vorher vorhandene innere Gliederung sichtbar gemacht.

Jedem der Freunde Klopstocks werden in diesem Gedicht einige Zeilen oder Strophen gewidmet. Die Ode *Auf meine Freunde / Wingolf* ist also in gewissem Sinne zusammengesetzt aus einer Reihe kleinerer Freundschaftsgedichte, wobei diesem Zusammenfügen aber ein tieferer Sinn innewohnt. Die zyklische Struktur des Gedichtes soll – wie Wolfdietrich Rasch festgestellt hat – die bindende und steigernde Kraft des Freundschaftsbundes symbolisch darstellen.

Erläuterungen zur Fassung *Auf meine Freunde*

Hebe: Tochter des Zeus.
Latonens Sohn: der Dichtergott Apoll, Sohn der Latona, der einen goldenen Köcher trägt.
Dithyramben: Kult- und Lobgesänge, ursprünglich zu Ehren des Dionysos.
die Wasser Hebrus: Fluß in Thrakien, in den die Mänaden das Haupt und die Leier des Orpheus warfen.
Pindus: Berg in Thessalien, den Musen heilig.
Flaccus: Beiname des Horaz.
Maro: Beiname Vergils, dessen Aeneasdichtung nach eigener Voraussage das Kapitol überdauern sollte. (Aen. IX, 448 ff.)
oder kömst du von der Britannier Eyland: bereits Anspielung auf den Freund Ebert und dessen Interesse für die englische Dichtung.
Evan: Beiname des Dionysos.
Ebert: Johann Arnold Ebert (1723–95). Durch Ebert, der zu den „Bremer Beiträgern" gehörte und später in Braunschweig Lehrer und Professor des Englischen wurde, hat Klopstock Kenntnis und Verständnis der englischen Literatur gewonnen. Ebert hat 1748 Glovers historisches Epos *Leonidas* übertragen und seit 1754 die Werke Edward Youngs – an erster Stelle die *Night Thoughts* – verdeutscht. Ebert ist auch als Dichter hervorgetreten.
Elysäerfelder: die elysischen Gefilde.
Cramer: Johann Andreas Cramer (1723–88). Seit der Leip-

ziger Studienzeit Klopstock in lebenslanger Freundschaft verbunden. Klopstock zog Cramer 1754 auch als Hofprediger nach Kopenhagen. Cramer wurde später Superintendent in Lübeck und folgte 1774 einem Ruf an die Universität Kiel, deren Kanzler und Kurator er seit 1784 gewesen ist. Literarisch ist Cramer als Zeitschriftenherausgeber und Psalmenübersetzer, jedoch gelegentlich auch mit eigenen Dichtungen hervorgetreten.

Polyhymnia: als Muse Vertreterin des ernsten, gottesdienstlichen Gesangs.

Sing, Freund, noch Hermanns: Bezugnahme auf eine frühe Hermann-Ode Cramers.

der Donnerer: wohl der mit Bardengesang in die Schlacht ziehende Held.

Urania: die Muse der heiligen Poesie.

Radickinn: Johanna Elisabeth Radike. Cramers Verlobte, die 1747 an Schwindsucht starb.

Giseke: Nikolaus Dietrich Giseke (1724–65). Freund Klopstocks und Metas. Giseke wurde später protestantischer Geistlicher und war zuletzt Superintendent in Sondershausen. Gehörte zum Kreis der „Bremer Beiträger".

dein Lied: bezieht sich auf Gisekes Gedicht *Die Schmerzen der Liebe* aus den *Bremer Beiträgen.*

Rabner: Gottlieb Wilhelm Rabener (1714–71). Seit 1734 in Leipzig und später Mitglied des Kreises der „Bremer Beiträger". Literarhistorisch bedeutend durch seine Satiren.

zu Lucianen, und zu den Schwiflen: die Satiriker Lucian und Swift.

Gellert: Christian Fürchtegott Gellert (1715–69). Seit 1734 in Leipzig und später in Kontakt mit den „Bremer Beiträgern". Gefeierter Dichter der Zeit, berühmt vor allem durch seine Fabeln.

auf dem Schauplaz: Anspielung auf Gellerts empfindsame Komödie *Die zärtlichen Schwestern.*

Olde: Johann Heinrich Olde (gest. 1759), Arzt, Freund Klopstocks und Metas.

Kühnert: Mitglied des Leipziger Freundeskreises.

Schmidt: Vgl. die Anmerkungen zu der Ode *Der Abschied.*

Rothe: Vgl. die Anmerkungen zu der Ode *Der Abschied.*

Evans Altar: Altar des Dionysos.

Dindymene: die Göttermutter Kybele. Erfinderin der Cymbeln, die bei dem Kult für Kybele eine Rolle spielten.

Agyieus: Beiname Apolls.

Gärtner: Karl Christian Gärtner (1712–91). Gehörte zum Kreis der Leipziger Studienfreunde Klopstocks. Gärtner – später Professor und Hofrat in Braunschweig – war Mitherausgeber der *Bremer Beiträge*. Literarisch ist er mit Liedern, Komödien und Schäferstücken hervorgetreten.

liebster Quintilius: von Horaz gerühmter wahrheitsliebender Kritiker.

Evohe: Ausruf der Freude bei den Dionysosfesten.

Hagedorn: Der Dichter Friedrich von Hagedorn (1708–54), der in persönlicher Beziehung zu einzelnen Mitgliedern des Freundeskreises der „Bremer Beiträger" stand.

Lyäus: Beiname des Dionysos.

Lyäerin: Priesterin des Dionysoskultes.

Patareus: Beiname Apolls.

Peneus Tochter: die Nymphe Daphne.

Schlegeln: Johann Adolf Schlegel (1721–93). Bruder des Dramatikers Johann Elias Schlegel und Vater der Romantiker August Wilhelm und Friedrich Schlegel.

Berecynthia: Beiname der Kybele.

Despreaux: Nicolas Boileau-Despreaux (1636–1711). Französischer Kritiker und Poetiker. Anspielung auf Schlegels Rolle als Theoretiker im Freundeskreis um Klopstock.

Erläuterungen zur Fassung *Wingolf*

Vgl. auch die Anmerkungen zur ersten Fassung *Auf meine Freunde.*

Gna: in der nordischen Mythologie Botschafterin der Götterkönigin Freia. Gna reitet auf einem Zauberroß.

Iduna's Gold: die goldene Schale der Göttin Iduna mit jenen Äpfeln, deren Genuß ewige Jugendkraft verleiht.

Ossian: Schottischer „Bardendichter" der Frühzeit, dessen von Macpherson gefälschte Liedersammlung zu Klopstocks Zeit große literarische Wirkung hatte.

Ullers Tanz: Uller erscheint in der Edda als Jagdgott. Nach Klopstocks dichterischer Darstellung gleitet er auf Schlittschuhen dahin.

Die Wasser Hebrus wälzten des Zelten Leyer: Gemeint ist Orpheus, den Klopstock hier als Kelten bezeichnet.

Wingolfs hohe Schwelle: Palast in Walhall, wo sich die gefallenen Helden aufhalten. Von Klopstock als Tempel der Freundschaft gedeutet.

Hlyn: Dienerin der Freia, bei Klopstock Schutzgeist der Freundschaft.

Achäerhämus: das in Thrakien liegende Hämus-Gebirge, wo Orpheus sang.

Wo Scipionen, Flakkus und Tullius: Scipionen, Horaz und Cicero.

Albion: legendärer Ahnherr der Brittanier.

Vom Tybris: vom Tiber.

Braga: Odins Sohn, von Klopstock als Gott der Dichtkunst und der Beredsamkeit aufgefaßt.

Telyn: die Bardenleier.

Mimer: nach Klopstocks falscher mythologischer Deutung Quell im heiligen Hain, der Weisheit spendet.

Tanfana: nach Tacitus germanischer Tempel.

wie am Dirce Mauren Amphion: wie Amphion, der durch den Klang seiner Leier die Mauern von Theben errichtete.

Schwan in Glasor: der in dem Hain (Glasor) vor Walhall singende Schwan.

Donnerer: Held der Schlacht.

Velleda: altgermanischer Mädchenname.

Tiburs Lacher: Horaz, dessen Landgut Tibur hieß.

der Houyhmeß Freund: Swift, hier so genannt nach den Pferdemenschen in Gullivers Reisen.

Zeit . . . des Mäoniden: Zeit Homers, der aus Mäonien stammen soll.

als vom Dreyfuß: wie die Priesterin Pythia, die, auf einem Dreifuß sitzend, das delphische Orakel verkündete.

Brittischen Ernst: Ebert las den Freunden Werke englischer Autoren vor.

Hain Thuiskons: der Bardenhain.

Argo: einer der hellsten Sterne des südlichen Sternhimmels.

40 AN GISEKE

Giseke: Nikolaus Dietrich Giseke (1724–65). Klopstocks Freund. Vgl. die Anmerkungen zur Ode *Auf meine Freunde.*

Hagedorn: der Dichter Friedrich von Hagedorn (1708 bis 1754). Vgl. die Anmerkungen zur Ode *Auf meine Freunde.*

41 AN EBERT

Ebert: Johann Arnold Ebert (1723–95). Klopstocks Freund. Vgl. die Anmerkungen zur Ode *Auf meine Freunde.*

Giseke, Radikin, Cramer, Gärtner, Rabner, Gellert, Schlegel, Hagedorn: Vgl. die Anmerkungen zur Ode *Auf meine Freunde.*

44 AN BODMER

Johann Jacob Bodmer (1698–1783) hatte Klopstock zu einem Besuch in Zürich eingeladen. In dieser Ode, die im August 1750, kurz nach Klopstocks Ankunft in der Schweiz, entstand, gibt der Dichter seiner Freude über die Begegnung mit seinem Förderer Ausdruck. Wenige Wochen später kam es freilich zu einem Zerwürfnis zwischen dem Ratsherren Bodmer und Klopstock.

Singer, der Lebenden und der Todten Vereinerin: Anspielung auf Elisabeth Singers Briefe Verstorbener an Lebende. Vgl. die Anmerkungen zu *Der Lehrling der Griechen.*

45 DER ZÜRCHERSEE

Vgl. auch die Ausführungen im Nachwort.

Dieses Gedicht wird zu den Freundschaftsoden gerechnet, obwohl der Dichter in ihm nicht ausschließlich die Freundschaft behandelt. Die 16. Strophe, mit der das Freundschaftsmotiv erst ganz in den Vordergrund rückt, muß jedoch als Gipfelstrophe der Ode angesehen werden, da sie durch die kompositorische Anlage nachdrücklich hervorgehoben wird. Dem aufmerksamen Leser kann nicht entgehen, daß die erste Zeile der 9. Strophe in der Struktur völlig übereinstimmt mit der ersten Zeile des Gedichtes. Die 9. Strophe beginnt: „Süß ist, fröhlicher Lenz, deiner Begeistrung Hauch". Die erste Zeile des Gedichtes lautet: „Schön ist, Mutter Natur, deiner Erfindung Pracht". Die erste Zeile der 16. Strophe knüpft nun an diese beiden vorangegangenen Zeilen deutlich an, allerdings dergestalt, daß jetzt das Erlebnis der Freundschaft sowohl dem religiösen Naturerlebnis als auch der Freude über den Lenz übergeordnet wird.

> „Aber süßer ist noch, schöner und reizender,
> In dem Arme des Freunds wissen ein Freund zu seyn!"

Die Ode ist somit auf die 16. Strophe geradezu angelegt. Durch die Komposition wird das Freundschaftsmotiv als das eigentliche Zentrum des Gedichtes herausgestellt. Eine vortreffliche Formanalyse dieser Ode bietet Friedrich Beissner in: *Klopstocks Ode „Der Zürchersee"*. Ein Vortrag. Münster und Köln 1952.

Wir sind in der glücklichen Lage, von der in diesem Gedicht geschilderten Fahrt auf dem Zürchersee (vom 30. Juli 1750) nicht nur das dichterische Zeugnis der Ode, sondern auch einige briefliche Berichte zu besitzen. Klopstock selbst hat die denkwürdige Fahrt in einem ausführlichen Brief an seinen Vetter Johann Christoph Schmidt geschildert. Auch Johann Kaspar Hirzel, der mit seiner Frau an der Bootsfahrt teilnahm, hat dem Dichter Ewald von Kleist eine anschauliche Schilderung gegeben. Beide Zeugnisse werden hier im vollen Wortlaut abgedruckt, um zu zeigen, wie wenig vom landschaftlichen Detail und vom eigentlichen Erlebnis der Fahrt in das Gedicht eingegangen ist. Das einmalige Erlebnis mit all seinen unwiederholbaren Besonderheiten wird vielmehr den überpersönlichen Leitthemen der Freundschaft und der religiösen Erbauung untergeordnet.

Klopstock an Johann Christoph Schmidt

Winterthur, den 1. August 1750.

Ich bin hier, Sulzer, Schuldheis, Waser und Künzli zu besuchen, und die ersten beyden wieder mit zurück nach Zürch zu nehmen. Bodmer ist auch mit hier, und ich nehme ihnen eine schöne Morgenstunde an Sie zu schreiben.

Ich hätte Ihnen sehr viel zu schreiben; ich will mich aber nur bey der Farth auf dem Zürchersee aufhalten, die mir ehegestern ungemein viel Vergnügen gemacht hat. Ich kann Ihnen sagen, ich habe mich lange nicht so ununterbrochen, so wild und so lange Zeit auf Einmal, als diesen schönen Tag gefreut. Die Gesellschaft bestand aus sechzehn Personen, halb Frauenzimmer. Hier ist es Mode, daß die Mädchens die Mannspersonen ausschweifend selten sprechen, und sich nur unter einander Visiten geben. Man schmeichelte mir, ich hätte das Wunder einer so außerordentlichen Gesellschaft zu Wege gebracht. Wir fuhren Morgens um fünf Uhr auf einem der größten Schiffe des Sees aus. Der See ist unvergleichlich eben, hat grünlich helles Wasser, beide Gestade bestehen aus hohen Weingebirgen, die mit Landgütern und Lusthäusern ganz voll besäet sind. Wo sich der See wendet, sieht man eine lange Reihe Alpen gegen sich, die recht in den Himmel hineingränzen. Ich habe noch niemals eine so durchgehends schöne Aussicht gesehen.

Nachdem wir eine Stunde gefahren waren, frühstückten wir auf einem Landgute dicht an dem See. Hier breitete sich die Gesellschaft weiter aus und lernte sich völlig kennen. D. Hirzels Frau, jung, mit vielsagenden blauen Augen, die Hallers Doris unvergleichlich wehmüthig singt, war die Herrin der Gesellschaft; Sie verstehen es doch, weil sie mir zugegeben war. Ich wurde Ihr aber bey Zeiten untreu. Das jüngste Mädchen der Gesellschaft, die schönste unter allen, und die die schwärzesten Augen hatte, Mademoiselle Schinz, eines artigen jungen Menschen, der auch mit zugegen war, Schwester, brachte mich sehr bald zu dieser Untreue. So bald ich sie das erstemal auf Zwanzig Schritte sah, so schlug mir mein Herz schon: denn sie sah Derjenigen völlig gleich, die in ihrem zwölften Jahre zu mir sagte, daß sie ganz mein wäre. Diese Geschichte muß ich Ihnen nicht auserzählen. Ich habe dem Mädchen Dieß alles gesagt und noch viel mehr. Das Mädchen in ihrer siebenzehnjährigen Unschuld, da sie so unvermutet so viel und ihr so neue Sachen hörte, und zwar von mir hörte, vor dem sie ihr schwarzes schönes Auge mit einer so sanften und liebenswürdigen Ehrerbietung niederschlug, öfters große und unerwartete Gedanken sagte und einmal in einer entzückenden Stellung und Hitze erklärte, ich sollte selbst bedenken, wie hoch Derjenige von ihr geschätzt werden müßte, der sie zuerst gelehret hätte, sich würdigere Vorstellungen von Gott zu machen, – – – – (Ich muß hier noch die Anmerkung machen, daß ich dem guten Kinde auch sehr viel Mäulchen gegeben habe; die Erzählung oben möchte Ihnen sonst zu ernsthaft vorkommen).

Wir hatten zu Mittage etliche Meilen von Zürch auf einem Landhause gespeist. Wir fuhren hierauf dem See gegenüber auf eine mit einem Wald bedeckte Insel. Hier blieben wir am Längsten. Wir speisten gegen Abend an dem Ufer. Da wir abfuhren, stieg meine Untreue gegen Madam Hirzel auf den höchsten Grad: denn ich führte Mad. Schinz statt Ihrer ins Schiff. Wir stiegen unterwegs verschiedene mal aus, gingen an den Ufern spazieren und genossen den schönsten Abend ganz. Um zehn Uhr stiegen wir erst wieder in Zürch aus.––––

137

Johann Kaspar Hirzel an Ewald von Kleist

Zürich, den 4. August 1750.

Unser neun Freunde entschlossen uns, Klopstock durch eine Lustschifffahrt die Schönheiten der Gegenden am Zürchersee und zugleich die Schönheit unsrer Mädchen kennen zu lehren. Jeder von uns verband sich, ein Mädchen auszusuchen, welches freundschaftlicher Empfindungen fähig wäre und die Schönheiten der Natur und des Geistes fühlte. Wir waren in der Auswahl glücklich. – Die süße Harmonie achtzehn edler Seelen machte diesen Tag zu einem der glücklichsten unsers Lebens und werth, Ihnen beschrieben zu werden. –

– – Der gesegnete Tag erschien, an welchem sich morgens um fünf Uhr die neun Freunde und, von ihnen geführt, ebenso viele Freundinnen versammelten, Alle beseelt vom gleichen Triebe, diesen Tag durch das reizendste Vergnügen merkwürdig zu machen. Klopstock würdigte meine zärtliche Doris an seiner Hand zu führen. – – – Rahn war so glücklich, Schinzens, des edeln Kaufmanns, Schwester mit sich zu bringen. Sie hatte Reize genug, Klopstock seine erste Liebe, die er im zwölften Jahre für ein ihr ähnliches Mädchen fühlte, wieder rege zu machen. Würdigen Sie selbst hieraus den Charakter dieser Person! –

Das glückliche Schiff, dergleichen Zürich noch keines gesehen, rückte allgemach weiter. Wiesen, Weinberge, gelbe Kornfelder, aus denen fröhliche Schnitter jauchzten, Landhäuser von Bauern und Städtern flohen hinter uns, um andern Platz zu machen. – Wir kamen an das Landhaus der trefflichen Eltern unsers Gesellschafters Keller. Hier stiegen wir aus, um ein Frühstück zu nehmen. Das ehrwürdige Paar – noch sind Züge jugendlichen Frohsinns, gleich der Abenddämmerung eines schönen Tages, auf diesen Greisen-Gesichtern, – empfing uns mit heiterm Lächeln, erfreuet, den geliebten Sohn in solcher Gesellschaft zu sehen. Beide begrüßten unsern Klopstock auf eine Art, die ihn überzeugte, daß sie die hohen Gedanken seines Gedichts empfunden haben. Sie priesen uns ihr Glück, in diesem Aufenthalt, ferne von städtischem Geräusch und Verdruß, befreit vom glänzenden Joche der Ehrenstellen leben zu können.

Klopstock rühmte die Schönheiten unserer Gegenden und – o, könnte ich Ihnen, mein Kleist, diese Aussicht zeigen! –

zunächst vor uns die Wasserfläche mit dem Wechsel ihrer Farben und Schattirungen, dann die fruchtbaren Hügel, hinter welchen des Albis schwarzer Rücken hervorragt, und das mit Dörfern und zerstreuten Häusern reich besetzte Ufer! – Doch schien unser Dichter weniger davon gerührt als von der Mannichfaltigkeit der menschlichen Charaktere, die sein Scharfblick auszuspähen vorfand. – – – Endlich stiegen wir, von den Segnungen unsrer ehrwürdigen Wirthe begleitet, wieder zu Schiffe und verließen voll Liebe und Dankbarkeit gegen dies theure Paar ihren glücklichen Wohnplatz. Von muntern Scherzen begleitet schlich die Vertraulichkeit sich in unsre Gesellschaft; die Mädchen waren bekannter geworden; Klopstock hatte durch seine einnehmenden Sitten und geistvollen Reden ihre allgemeine Hochachtung gewonnen, und sie wünschten alle, aus den Fragmenten zum vierten und fünften Gesang etwas von ihm zu hören. Der gefällige Klopstock entsprach dem einstimmigen Wunsche und las eine Stelle vor, die in unsere Seelen noch nie gefühlte Wehmuth senkte. Mein Herz suchte sich durch Thränen zu erleichtern, welche der Wohlstand zurückhalten hieß. Er führte uns in ein Gestirn der Milchstraße, dessen Bewohner nicht gefallene Menschen sind, die den Tod nicht kennen und in ewig blühender Jugend ein ununterbrochen seliges Leben leben. – – Es erfolgte ein Stillschweigen. Ernsthafte Gespräche vom menschlichen Elend unterbrachen es. –

– Die ganze Gesellschaft ermunterte sich nach und nach. Lachender Scherz umhüpfte uns; Jeder suchte seine Schöne witzig zu unterhalten, und der schlaue Werdmüller haschte schalkhaft flüchtige Einfälle, die er der lustigen Gesellschaft zum Gelächter vorlegte. So rückten wir von einer angenehmen Gegend zur andern. Der Anblick verschiedener Landhäuser gab uns Stoff, den ungleichen Geschmack ihrer Besitzer zu recensiren. Dies verhinderte indessen nicht, daß wir unsre Aufmerksamkeit nicht immer wieder auf unsern Helden sammelten, den wir stets seiner würdig fanden. Ueber seine Fröhlichkeit herrscht freie Vernunft wie über seinen Ernst; feiner Witz begleitet seine Reden alle, deren Seele Gefälligkeit und Freude ist. Wenn uns seine ehrwürdigen Gedichte in eine zärtliche Wehmuth versetzten, so erheiterte uns bald wieder sein aufgeweckter Geist und führte die vorige Freude zurück. Jene erste Vorlesung machte uns nach einer zweiten

begierig. Er willfahrte und las uns jetzt die hohe Liebes-
geschichte „Lazarus und Cidli" vor, wo er seine eigne Liebe
für die göttliche Schmidt im Auge gehabt zu haben scheint;
wenigstens sind die Empfindungen, die er da ausdrückt, alle
eines Klopstock's und des Mädchens, das er liebte, würdig. – So langten wir unvermerkt zu Meilen an, einem
schönen Dorfe, vier Stunden von Zürich. Hier stiegen wir
hochvergnügt aus dem Schiffe und brachten noch ein paar
Stunden vor dem Mittagsessen mit traulichen Gesprächen
zu. – – Unter solchen harmlosen Reden verstrich die Zeit bis
zum Mittagsessen, wo wir die Tafel trefflich besetzt fanden.
Da hatten wir keinen Mangel an Freude. Der Wein übte seine
schöne Kraft an uns aus; die Vertraulichkeit wuchs mit der
Fröhlichkeit; satirische Scherze umgaukelten uns, ein fröh-
liches Gelächter begleitete sie. Zum ersten Male bedauerte
mein Bruder seine Unwissenheit im Weintrinken. Doch feierte
er mit uns das Andenken an die abwesenden Freunde, auf
deren Gesundheit wir tranken und, was die angenehmste Ab-
wechslung gewährte, charakteristische Erzählungen von ihnen
einmischte. Da klangen die Gläser auf Ihre Gesundheit,
mein Kleist, und auf Gleim's und Ebert's; bei der Gesundheit
der göttlichen Schmidt, die Klopstock's heilige Muse eines
Liedes würdigte, herrschte tiefe Ehrfurcht; er erwiderte mit
einem sanften Ernst, der die Empfindungen seiner großen
Seele verriet; doch ließ er den Ernst dieses Mal nicht siegen.
Er sah die frohe Gesellschaft an und trank und scherzte. Nach
Tische rüsteten wir uns zur Ueberfahrt auf eine kleine, jenseits Meilen liegende Halbinsel, wo man die angenehmste
Aussicht über den Zürchersee hat. Ein kühlender Wind blies
in unsern Segel und trieb das Schiff sanft nach dem vor-
gesetzten Port; die Schiffer verließen die Ruder, saßen ver-
gnügt auf den Bänken und sahen die lachende Freude über
uns schweben. Eines der Mädchen sang; so schön singt in einer
Oper auch die beste Sängerin nicht; denn die süße Harmonie
der Freude, welche hier die Töne belebte, ist durch keine
Kunst nachzuahmen. Wir klatschten der schönen Sängerin zu
und erweckten unsre übrigen Begleiterinnen zu edelm Nach-
eifer, gleichen Beifall zu verdienen. Allein in diesem Augenblicke kamen wir unvermuthet bei der kleinen Halbinsel an.
Wir fanden an dem Gestade eine anmuthige Ebene, über

welche kühlende Schatten von Eichbäumen schwärmten; diesen Platz wählten wir zu unserm Speisesaal, wo wir uns eine Tafel mit Erfrischungen zurüsten ließen, die wir nach einem Spaziergange durch den Eichenwald genießen wollten. – – – Klopstock, von Freude belebt, hüpfte mit seinem Mädchen durch den Wald und half meiner Doris das Lied auf Haller's „Doris" singen. Ich folgte ihnen eine Weile nach; aber die brennende Sonnenhitze gab mir ein Gefühl des höheren Alters; ich suchte meinen Rahn, dem Klopstock sein Mädchen genommen hatte. Der half mir den Alten machen; doch bald verjüngten wir uns wieder, und was mein Herz am meisten erfrischte, war Klopstock's Freude und der Dank, den er mir, als dem Urheber dieser Lustreise, auf die Wangen küßte. – Man sammelte sich bei der frohen Tafel, zerstreute sich dann wieder und genoß die Annehmlichkeiten dieses Ortes, bis verlängerte Schatten uns die Rückreise antreten hießen. Kaum waren wir eingeschifft, so wurde Klopstock noch um eine Vorlesung gebeten. Er gab uns ein Fragment: Abadonna, den redlichsten Teufel, den je die Hölle sah. – –

– Klopstock sah nicht gerne den Ernst so sehr überhand nehmen. Er las uns eine Anakreontische Ode seines Schmidt, ganz in Gleim's Geiste; dann sang er uns Lieder von Hagedorn vor. So schön fand ich sie noch nie; aber es ward auch kein Gedanke unempfunden gesungen; dies ersetzte, was an musikalischer Kunst mangelte. Läse man die Dichter nur immer in der gehörigen Stimmung, dann würden ihre Schönheiten nie verkannt. Die Sonne war allmählich niedergegangen; einmal noch schien sie sich zu erheben und lächelnd uns anzublicken; endlich sank sie ganz hinter die Berge hinab; das wallende Feuer, das noch eben auf dem Wasser schwebte, erlosch in ein dunkles Grün. Noch sahen wir an den entfernten Schneebergen beleuchtete Stellen. Doch die Dämmerung umzog auch diese mit ihrem grauen Flor und goß eine feierliche Stille über die Natur; sie wollte sich unser bemächtigen; wir widerstanden ihr aber tapfer. Begleitet von schwatzendem Witze; waren wir wieder unvermuthet bei dem Kellerschen Landhause angelangt, wo wir gefrühstückt hatten. Lächelnd kam uns die ehrwürdige Dame entgegen. Unsre Freude hatte sich in ihr theilnehmendes Herz ergossen. Sie gab uns Lichter, damit wir nicht aufhören müßten, die Grazien der Fröhlichkeit und Freundschaft in den Blicken und Mienen zu sehen.

Doch ließen wir von hier das Schiff eine ziemliche Strecke vorausfahren und gingen mit unsern Schönen in der kühlenden Dämmerung dem Gestade nach. Klopstock erblickte von ungefähr eine kleine Insel; diese besetzten wir; fünf Freunde mit ihren Mädchen nahmen den ganzen Raum ein; Gleim's „Schöpfung (des Weibes)" ist nicht schöner, als jetzt unser Inselchen war. Hier endlich eroberte Klopstock von dem sprödesten der Mädchen einen Kuß, und wir eroberten auch Küsse. Denn wie wollten sie sich retten, die guten Mädchen, ohne die zarten Füße zu benetzen? Von diesem glücklichen Eilande eilten wir zu dem kleinen Port, wo wir uns zum letzten Male einschifften. Auch die Dämmerung war dem Schatten der Nacht gewichen; helle flimmerten die Sterne aus dem dunkelblauen Gewölke. Mich befiel eine Traurigkeit über das Hinschwinden dieses Tages. „Ach", rief ich, „ach, daß wir so der Ewigkeit zufahren könnten!" – Klopstock fand diesen Wunsch zu ausschweifend, wünschte sich für einmal nur eine Ewigkeit von vier Tagen und forderte meine Doris auf, noch einmal Haller's „Doris" zu singen; sie sang, Haller's Gedanken verloren nichts von ihrer Stärke. Indessen näherten sich die Lichter der Stadt, und so sehr wir auch die Schiffer baten, langsamer zu fahren, befanden wir uns doch gleich nach zehn Uhr in der Stadt, und die glücklichste Schifffahrt war geendigt.

Uto: der Ütliberg.

„Hallers Doris" . . .: Vgl. die Ausführungen über diese Strophe im Nachwort, S. 170 f.

Haller: Albrecht von Haller (1708–77). Schweizer Arzt und Dichter. Von Klopstock und seinen Freunden des gedrungenen und gedankenvollen Stils wegen geschätzt. Hallers Gedicht *Doris* entstand 1730. Nach welcher Melodie Frau Hirzel das Gedicht sang, ist nicht festzustellen.

Hirzel: Johann Kaspar Hirzel, Zürcher Arzt.

Hirzels Daphne: Hirzels Frau, nach der Art der Anakreontiker von Klopstock mit dem Nymphennamen Daphne bezeichnet.

Kleist: der Dichter Ewald von Kleist (1715–59).

Gleim: der Dichter Johann Wilhelm Ludwig Gleim (1719 bis 1813).

Hagedorn: der Dichter Friedrich von Hagedorn (1708–54).

Die Au: Insel des Zürchersees.

Göttin Freude: Mit der Anrufung der Göttin Freude bezieht Klopstock sich hier huldigend auf Hagedorn und dessen Ode *An die Freude.*

Hütten der Freundschaft: bezieht sich auf Kapitel 9 des Markus-Evangeliums, in dem Petrus an der Stätte der Erscheinung des Heiligen Geistes sagt: „. . . hier ist gut sein. Lasset uns drei Hütten machen."

Tempe: Tal in Thessalien, von den antiken Dichtern gepriesen.

48 FURCHT DER GELIEBTEN

Vgl. die Ausführungen im Nachwort.

Wo ein Strom das Meer wird: am Großen und Kleinen Belt.

49 IHR SCHLUMMER

Aus Edens ungetrübter Quelle: ungetrübt, da es im Garten Eden vor dem Sündenfall nur leidloses Leben gab.

Lorbersprößling: Lorbeer als Symbol des Dichterruhms.

52 DAS ROSENBAND

Klopstock hat dieses Gedicht Weihnachten 1753 Meta als Geschenk aus Kopenhagen zugesandt. *Das Rosenband* wurde 1774 mit einer Musikbegleitung von Weiß im Göttinger Musenalmanach abgedruckt. Später hat es auch Schubert vertont. Das Motiv vom Jüngling, der das schlafende Mädchen findet, ist ein geläufiges Motiv der Rokokodichtung. Klopstock entledigt das Motiv jedoch aller Pikanterie und setzt an die Stelle des heiter-unverbindlichen Liebesgetändels das Motiv der Seelenbindung. Das Bild der durch den Blick verbundenen Seelen begegnet in den Jahren 1752 und 1753 auch in Klopstocks und Metas Briefen („Meine ganze Seele hängt an deiner Seele, mein Leben an deinem Leben"; „Wie hängt meine Seele an deiner Seele, und wie bin ich so ewig dein.").

53 DEM ALLGEGENWÄRTIGEN

Bei der Erstveröffentlichung dieser Hymne in der Zeitschrift *Der Nordische Aufseher* war der Text noch in Versgruppen verschiedenen Umfangs aufgeteilt. Bei der Aufnahme des Gedichtes in die Odenausgabe von 1771 hat Klopstock den Text wieder in vierzeilige Strophen gegliedert. Vgl. hierzu auch die beiden in dieser Auswahl abgedruckten Fassungen der *Frühlingsfeyer.*

143

Da du mit dem Tode gerungen: erste Strophe nach Luc. 22, 43 f.
Willig ist eure Seele: Vgl. Matth. 26, 41.
Das sah kein Auge: Vgl. 1. Corinth. 2, 9.
In dem Allerheiligsten: Vgl. 2. Mos. 26, 33.
wird deine Trümmer verwehn: die irdischen Überreste.
gründe mich: festige mich.
Erd' und Himmel vergehn: Vgl. Matth. 24, 35.
Bist bey den Deinen du gewesen: Vgl. Matth. 28, 20.
In die Wunden deiner Hände: Verweis auf den ungläubigen
Thomas. Vgl. Joh. 20, 24–29.

58/59 DIE FRÜHLINGSFEYER

Diese berühmte Hymne Klopstocks wurde zuerst in Kopen-
hagen in der von seinem Freund Cramer herausgegebenen
Zeitschrift *Der Nordische Aufseher* veröffentlicht. (Band II,
Stück 94, 2. August 1759). Bei der Erstveröffentlichung in
dieser moralischen Wochenschrift wurde dem Gedicht folgende
Einleitung vorangestellt:

„Ich weis nicht, ob ich mir zu viel schmeichle, wenn ich
vermuthe, daß folgender Gesang bey Einigen etwas zu den
e r n s t h a f t e r e n Vergnügungen des Landlebens beytragen
werde. Wie schön sind diese! und wie glückseelig machen sie
denjenigen, der sie empfinden kann. Mich deucht es sollte sich
niemand rühmen, daß er die Freuden des Landlebens kenne,
wer sich der höchsten derselben nicht oft überläßt, ich meine,
wer nicht, durch den Anblick der Natur, er sehe ihre Schönheit in einem kleinen Blatte, oder in einer weitausgebreiteten
Gegend, wer nicht oft durch diesen Anblick zu Betrachtungen
über D e n , der dieß alles, und wie viel mehr noch! gemacht
hat, erhoben wird. Dann erst ist der Schatten recht kühl, der
Wald grün, die Luft erfrischend und wohlthätig, der Mond-
abend recht still; wenn die ruhige und schönere Seele als jenes
alles ist, auf diesen Stufen, zu dem allgütigen Vater der
Schöpfung emporsteigt. Wer Anmerkungen von dieser Art
nicht mehr hören mag, weil er sie schon oft gehört hat, der
kömmt mir vor, wie einer, der seiner Existenz müde ist."

Mein Vater gewöhnte mich früh dazu, selbst meine Spiele
durch Vorstellungen von dieser Art zu unterbrechen. Er reizte
mich, die schönsten Blumen kennen zu lernen, und sie ihm zu
bringen; und denn wuste er mir immer etwas dabey von Gott
zu sagen. Es war so natürlich so ungesucht, was er mir als-

denn sagte, und immer etwas anders, oder doch auf neue Art ausgedrückt. Einmal, da ich ihn bey einem Regen, der nach einer langen Dürre gekommen war, vor Freuden weinen gesehn, und er meine Fragen über sein itziges Weinen beantwortet hatte, setzte er hinzu: Gewöhne dich, mein Sohn, selbst unter deinen lebhaftesten Zerstreuungen, jede Veranlassung zu ergreifen, die dich an Gott erinnern kann. Ich liebe deswegen das Landleben mehr als das Stadtleben, weil es mir mehrere Gelegenheit giebt, an Gott zu denken. Wenn ich mit meinen Freunden die unschuldigen Vergnügungen desselben geniesse, selbst alsdann, wenn wir uns am weitesten von dem Zwange der Stadt entfernen; so habe ich, beym Anblicke irgend eines Keims, irgend einer halbzertretnen kleinen Blume, immer einige Augenblicke für mich übrig, wo nicht mein Auge, doch meine Seele gen Himmel zu heben. Welche Freude machen mir alsdann die Vergnügungen der Freundschaft; und wie ernsthaft wird sie hierdurch selbst alsdann, wenn sie bloß scherzt.

Mein Vater würde mit dem Inhalte des Gesangs, den ich heute meinen Lesern mittheile, zufrieden gewesen seyn."

Obwohl diese Einleitung von Klopstock später nicht wieder im Zusammenhang mit dem Text der Hymne abgedruckt worden ist, sollte sie bei der Interpretation des Gedichtes nicht als bloße redaktionelle Zugabe für den *Nordischen Aufseher* abgetan werden. Klopstock verweist in der Einleitung schon auf den für das Gedicht entscheidenden Gedanken, daß Gottes Wirken ebenso im Kleinen wie im Großen erkannt werden kann. Auch läßt die Einleitung mit besonderer Deutlichkeit erkennen, daß die Natur für den Dichter noch keinen Eigenwert besitzt, sondern nur als Schöpfung Gottes gefeiert und gesehen wird. Mit dem Vater, der die Spiele des Kindes durch erbauliche Vorstellungen unterbricht, ist übrigens keineswegs Klopstocks leiblicher Vater gemeint. Es handelt sich vielmehr um eine in den Artikeln der Zeitschrift wiederholt auftauchende fiktive Figur, die der Erörterung von Problemen der religiösen Erziehung dient.

Für den Abdruck der Hymne in der Oden-Ausgabe von 1771 wurden die unregelmäßigen Versgruppen in vierzeilige Strophen abgeteilt. Dabei erhielt das Gedicht auch erst den definitiven Titel: Die Frühlingsfeyer.

Erläuterungen zur endgültigen Fassung

Ozean der Welten: Dieses Bild hat Klopstock wohl von Leibniz übernommen.

die ersten Erschaffnen: die Engel der höchsten Ordnungen, die Erzengel. Vgl. *Messias* I, 231 ff.

Tropfen am Eimer: Vgl. Jes. 40, 15.

den Orion gürtete: den Orion mit einer Sterngruppe umschloß.

gebildeter Staub: gebildet hier im Sinne von geformt.

Du, meine Harfe: die Harfe als Instrument des Psalmisten, Symbol der heiligen Poesie.

Bogen des Friedens: der Regenbogen als Zeichen des Friedensbundes zwischen Gott und den Menschen. Vgl. 1. Mos. 9, 12 ff.

Literaturhinweise

Rudolf Ibel: *Klopstock: „Die Frühlingsfeier". Eine Studie zur heldischen Wortgestaltung.* Zeitschr. f. dt. Philologie 54 (1929), S. 359–377.

Paul Böckmann: *Klopstock: „Die Frühlingsfeier".* In: *Gedicht und Gedanke.* Hrsg. von Heinz-Otto Burger, Halle 1942, S. 89–101.

Robert Ulshöfer: *Klopstock: „Die Frühlingsfeier".* In: *Die deutsche Lyrik.* Hrsg. von Benno von Wiese, Bd. 1. Düsseldorf 1956, S. 168–184.

Gerhard Kaiser: *Klopstocks Frühlingsfeier.* Wirkendes Wort 8 (1957/58), S. 329–335.

Gerhard Kaiser: *Klopstock. Religion und Dichtung.* Gütersloh 1963, S. 298–301.

68 DIE GLÜCKSELIGKEIT ALLER

Wie bei den anderen Hymnen Veränderung der Verseinteilung für die Oden-Ausgabe von 1771.

dem Tage der Garben zu reifen: die Zeit der Ernte, d. h. der Jüngste Tag.

das große Labyrinth: die irdische Schöpfung.

72 DIE WELTEN

Wie bei den anderen Hymnen Veränderung der Verseinteilung für die Oden-Ausgabe von 1771.

Ozean der Welten: Vgl. die Anmerkungen zur *Frühlingsfeyer.*

zu den ewigen Hügeln: das Paradies, der Wohnsitz der Seligen und der Thron Gottes.
Pilot: Steuermann des Schiffes.

74 DEM UNENDLICHEN
Orion, Wage: die Sternbilder.
Straße voll Glanz: die Milchstraße.

75 DIE FRÜHEN GRÄBER
Eure Maale: Grabmäler.

77 FRIEDRICH DER FÜNFTE
Der dänische König, Friedrich V., regierte von 1746–66.
Klopstock widmete ihm dies Huldigungsgedicht Ende 1750
zum Dank für die Gewährung eines Jahresgehaltes, das dem
Dichter die Vollendung seiner *Messias*-Dichtung ermöglichen
sollte. In den früheren Veröffentlichungen versah Klopstock
die Ode zum Teil mit einem Vorbericht, in dem er verhüllt
die Gleichgültigkeit der deutschen Fürsten gegenüber den
deutschen Dichtern anprangert. Der Vorbericht lautet:

„Der König von Dännemark hat dem Verfasser des Meßias,
der ein Deutscher ist, diejenige Musse gegeben, die ihm zu
Vollendung seines Gedichts nöthig war. Wenn man den feinern Theil des Publici, welches die Welt und den itzigen
Zustand der deutschen schönen Wissenschaften kennt, wieder
daran erinnert, daß schon Schlegel, der zu früh für die Ehre
des deutschen Trauerspiels gestorben ist, durch diesen großmüthigen Monarchen in Soroe sein Glück fand, und zugleich
dieses bekannt macht, daß der Verfasser des Meßias vornehmlich der würdigen Materie, seine itzige Musse zu verdanken
hat: so ist der Leser in den Stand gesetzt, noch vieles zu
diesem kurzen Vorberichte hinzu zu denken."

Daniens Friedrich: Dania ist die lateinische Bezeichnung für
Dänemark.

78 FRIEDENSBURG
Friedensburg: das in der Nähe von Kopenhagen von Friedrich V. errichtete Lustschloß Fredensborg, wo Klopstock 1751
als Gast des Königs weilte.
Laß ..., den Hain: bezieht sich auf den Zedernhain auf den

Bergen des Libanon, den Klopstock im 18. Gesang des *Messias* erwähnt. An diesem Teil des Epos arbeitete Klopstock in Fredensborg.

Tempe: von den antiken Dichtern gefeiertes Felsental in Thessalien.

Wo die Palme weht: bildliche Umschreibung für Himmel.

80 DIE KÖNIGIN LUISE

Die Königin Luise von Dänemark, Gemahlin Friedrichs V., starb am 19. Dezember 1751 an den Folgen einer Entbindung. Klopstocks Totenklage entstand im Januar 1752.

In Siegsgewande: das weiße Gewand der Seligen.

der Marmor auf dem Grabe: bezeichnet die Erstarrung der Trauernden. Das Bild wurde aus Glovers *Leonidas* (1, 118) übernommen.

Karolina: Luises Mutter, 1737 gestorben.

84 ROTHSCHILDS GRÄBER

Klopstock beklagt in dieser Elegie den Tod seines Gönners Friedrich V. von Dänemark, der am 14. Januar 1766 gestorben und danach in Roeskilde auf Seeland beigesetzt worden ist. In der Domkirche von Roeskilde befinden sich die Gräber des dänischen Königshauses.

Neben Louisa: neben der 1751 gestorbenen Königin.

Friedrichs Trümmer: Trümmer, Singular, bedeutet: irdischer Rest.

Hütten an Gräbern: die Wohnungen der Menschen.

des Hekla Gebirge: isländischer Vulkan.

zu dem Strome der Weser: Die Grafschaft Oldenburg-Delmenhorst war durch Personalunion mit dem dänischen Königreich verbunden.

87 FÜRSTENLOB

Das Gedicht wurde 1777 zuerst von Carl Friedrich Cramer veröffentlicht, von dem auch der Titel stammt, den Klopstock später beibehielt.

eingewebter Fliegen: D. h. Fürsten, die durch Schmeicheleien gefangen werden wie Fliegen im Netz der Spinne.

gebildeter Marmor: geformter Marmor.

Kakerlakken: Ostindische Albinos, von denen man zu Klopstocks Zeit fabulöse Vorstellungen hatte.

Badens Friederich: Markgraf Karl Friedrich von Baden, der Klopstock 1774 nach Karlsruhe einlud und ihm Titel und Gehalt eines Hofrates verlieh.

88 IHR TOD

Das Gedicht bezieht sich auf den Tod Maria Theresias (am 29. November 1780).
Friedrich: Friedrich der Große, dem Klopstock die Geringschätzung der deutschen Dichtung nie verziehen hat.

90 DER EISLAUF

der Reihn: der Tanz.
dem schlüpfenden Stahl: dem Schlittschuh.
Wasserkothurn: poetische Umschreibung für Schlittschuh.
des Krystalls Ebne: das Eis.
Preisler: der Kupferstecher Johann Martin Preisler (1715–94).

92 DER KAMIN

der Wecker: das Morgenrot.
Silber-Zweige: metaphorisch für bereifte Zweige.
besternter Landsee: mit Eis bedeckt.
mit Stahle: mit den Schlittschuhen.
beseelen sich die Ferse: legen Schlittschuhe an.
das gelohnte Modell: das bezahlte Modell.
Weichling Behager: doppelter Nominativ.
Rauchwerk: Pelz.
Rak: Arrak.

95 THUISKON

Nach der Vorstellung dieses Gedichtes steigt Thuiskon, der fiktive Ahnherr der Deutschen, in den Hain der Barden herab, um sich an ihren Gesängen zu erfreuen.
der Schwan Venusin: Bezugnahme auf Horaz (20. Ode des 2. Buches), wo dieser prophezeit, er werde nach seinem Tode in einen Schwan verwandelt werden und singend über die Erde ziehen.
Telyn: nach Klopstock die Bardenleier.

96 DER HÜGEL, UND DER HAIN

Vgl. auch die Ausführungen zu diesem Gedicht im Nachwort.
Hügel: hier der Musenberg der Griechen.

Hain: der Bardenhain, hier als Symbol für die deutsche Poesie.

Celten: von Klopstock mit den Germanen gleichgesetzt.

öde Trümmer: hier im Singular gebraucht.

Aegis: Schutzschild der kämpfenden Götter.

Enzeladus: Titan der griechischen Sage.

du schwindelst: du irrst dich, bist verwirrt.

Unumschränkter ist . . . Herrscherin . . . die Kunst: Kunst hier im Sinne von Künstlichkeit.

Herminoon: Herminonen sind die Germanenstämme Mitteldeutschlands. Der Angehörige dieses Stammes wird hier als Typus des echt deutschen Barden genannt.

Norne: Die Nornen sind die drei Schicksalsschwestern der germanischen Mythologie. *Vertilgerin:* die Norne des Todes (Wurdi).

Winfeld: angeblicher Ort der Schlacht im Teutoburger Wald.

Wurdi's Quell: der Quell der Norne der Vergänglichkeit.

Lorber am Ende deiner Bahn: Lorbeer ist das Symbol für die griechische Kunstdichtung, die im Gegensatz steht zur bardischen Naturdichtung.

der wüthenden Wurdi Dolch: Der Bardengesang ist vergessen, da seine Dichter vom Dolch der Norne Wurdi getötet worden sind.

Smintheus: Beiname Apolls.

Pan: der Hirtengott der griechischen Mythologie.

Artemis: Tochter des Zeus, die jagend umherzieht.

Hertha: nach Tacitus germanische Gottheit der Erde, die auf einem mit weißem Teppich verhüllten Wagen durch die Lande fährt und gelegentlich in einsamen Seen ein Bad nimmt.

die Zwillingsbrüder Alzes: germanisches Götterpaar, von Klopstock als Verkörperung der Freundschaft aufgefaßt.

Löbna: in der nordischen Mythologie eine Gottheit, die Liebesbündnisse stiftet.

Nossa: eine den Grazien entsprechende Gestalt der nordischen Sage.

Wara: nach der nordischen Mythologie eine die ungetreuen Liebhaber strafende Gottheit.

Braga: germanische Gottheit des kriegerischen Gesangs.

Aganippe: Quelle auf dem Berge Helikon, aus der die Muse schöpfte.

101 AN DEN ERLÖSER

Nach Vollendung des *Messias,* wahrscheinlich Anfang 1773 geschrieben.

Durchlaufen bin ich . . .: Wiederholung der am Anfang der *Messias*-Dichtung (I, 17) gebrauchten Worte.

Dem es da noch dämmert: der nicht begreift.

Stunden der Weihe: die der Arbeit am *Messias* geweihten Stunden.

103 AN FREUND UND FEIND

Näherer Todter: Tote, die dem Dichter näherstanden.

bey Tropfen: tropfenweise.

von der Scheiter: vom Schiffbruch.

unter des Vaterlands Denkmaalen: suchte vergeblich in der vaterländischen Geschichte nach einem Helden.

Seine so späte Wahl: seine Wahl als Zentralgestalt für ein Epos.

mein Maal: das Denkmal meines Ruhms.

106 ÄSTHETIKER

so trefft ihr's Aug' in den Stern: Ihr schlagt mit der Faust auf das Auge.

Alzäe: Pluralbildung zu Alcäus, also zum Namen des griechischen Lyrikers, den Klopstock hier stellvertretend für die lyrische Dichtung nennt.

Achäer: Griechen.

Quiriten: Römer.

Melema: Lied in Strophen, besonders das Chorlied der griechischen Tragödie.

Eidos: kleines Lied.

106 DIE SPRACHE

Erfinder: gemeint ist der Dichter.

an lemnischer Esse: Lemnos galt als irdischer Sitz des Gottes Vulkan.

das Tanz des Liedes / Klagend entbehrt: Klopstock vertritt hier die Auffassung, daß die englische, französische und italienische Dichtung wegen der Bevorzugung jambotrochäischer Rhythmen keine zureichende Variation der Versmaße besitze.

Teutona: Personifizierung der deutschen Sprache. Erscheint auch in den *Grammatischen Gesprächen.*

Hellänis: Personifizierung der griechischen Sprache. Auch in den *Grammatischen Gesprächen.*

lasset, ... Blumen uns streuen ...ff.: Dem Klang sollen Himmelschlüssel, dem Tanz der Verse Hyazinthen und der Sprache selbst Rosen gestreut werden.

108 AN JOHANN HEINRICH VOSS

Voß: Johann Heinrich Voß (1751–1826). Klopstocks Schüler und Freund, der durch seine berühmt gewordenen Homer-Übersetzungen entscheidend zur Durchsetzung der von Klopstock verfochtenen reimlosen Dichtung beigetragen hat.

Mäonides und Maro's Sprachen: die Sprachen Homers und Vergils.

Da sich des Kritlers Ohr ... verhörete: D. h., als die Kunstrichter falschen Dichtungsidealen folgten.

Wenn mir der Ruf nicht fabelt: wenn die Nachrichten nicht falsch sind.

Der Töne Land: Italien.

Töchter der Romanide: die romanischen Sprachen.

bewölkender Dampf: bildliche Wendung für das, was den angemessenen Ausdruck der Begeisterung behindert.

an der Nothdurft Scherfe gebricht: am notwendigen und treffsicheren Ausdruck gebricht.

schnell blutet sie vom Dolch: Die Unfähigkeit des Stammlers tötet die Begeisterung, die hier personifiziert erscheint.

110 DIE DEUTSCHE BIBEL

die umgeschafne blieb: die von Luther verwandelte Sprache blieb.

daß ihr stammelnd Gered' ihr Ohr vernehme: D. h., daß die neueren Bibelübersetzer selbst Einsicht in die Unzulänglichkeit ihrer Versuche gewinnen.

111 UNSRE SPRACHE AN UNS

Unterwürfige Dulderinn ff.: Der Sinn der schwerverständlichen zweiten Strophe ist folgender: entweder man läßt die Verbildung der Sprache zu, dann ist die Sprache der Nation nicht mehr würdig, oder die Sprache bleibt wie sie war und läßt die Werke des Untons absterben.

So entstellte die Fabel ff.: in den folgenden Zeilen Anspielung auf die von Ovid in den Metamorphosen wiedergegebene Fabel, nach der die Götter des Olymps vor dem Riesen Typhon nach Ägypten flohen und sich dort in Tiergestalten verwandelten.

verbrittet: Überfremdung der Sprache durch Anglizismen.

gallizismet: Überfremdung der Sprache durch Gallizismen.

zur Quiritinn machen: Durchsetzung der Sprache mit Latinismen.

verachä'n: Durchsetzung der Sprache mit Gräzismen. Der Vorwurf der „Vergriechung" und „Verlateinung" der deutschen Sprache richtet sich gegen Voß.

Hellänis: Personifizierung der griechischen Sprache.

der Lorber, Daphne zuvor: Daphne verwandelte sich auf der Flucht vor Apoll in einen Lorbeerstrauch.

die Eiche, die Hlyn einst war: Nach Klopstocks hier geäußerter Meinung wurde auch die germanische Göttin Hlyn von Balder in eine Eiche verwandelt.

112 SIE, UND NICHT WIR

La Rochefoucauld: Herzog von Larochefoucauld, einer der ersten Adligen, die die Partei der Revolution ergriffen. Klopstock hatte Larochefoucauld in Kopenhagen kennengelernt und korrespondierte mit ihm.

der Krieg, wird an die Kette gelegt: bezieht sich auf den Beschluß der Nationalversammlung vom Mai 1790, künftig auf alle Eroberungskriege zu verzichten.

als du die Religion reinigtest: bezieht sich auf die Reformation.

der beschornen Despoten Joch: das Joch der herrschsüchtigen Geistlichkeit.

An Amerika's Strömen / Flamt schon ... Licht: die amerikanische Unabhängigkeitsbewegung hier als Vorspiel zur Französischen Revolution gesehen.

In Amerika leuchten Deutsche: Anspielung auf die Beteiligung Deutscher am Unabhängigkeitskrieg.

113 DER FREYHEITSKRIEG

Da der Verzicht der französischen Nationalversammlung auf Eroberungskriege als „heiligstes aller Gesetze" von Klopstock verehrt wurde, wandte er sich empört gegen den Herzog von Braunschweig, der nach der Pillnitzer Konvention die vereinigten österreichischen und deutschen Armeen auf einen

Feldzug gegen das revolutionäre Frankreich vorbereitete. Klopstock sandte die Ode *Der Freyheitskrieg* mit folgender brieflicher Erläuterung an den französischen Innenminister Roland: „Die letzte Ode, die ich auf die französische Revolution gemacht habe, ist vom Monat April 1792, hier beiliegend. Ich schickte sie dem Herzog von Braunschweig am zweiten Julius. Dis war sehr spät, es ist wahr; aber bis zu seiner Abreise zur Armee, glaubte ich noch immer, daß er für sich selbst Achtung genug haben würde, um in diesem ungerechten und zu kühnen Krieg nicht zu kommandieren. Demohngeachtet entschloß ich mich, die Ode abzusenden und sie mit einem Briefe zu begleiten, weil ich hoffen konnte, noch einigen Einfluß auf ihn zu haben. Denn in großen Sachen ist nichts klein; alles macht Eindruck, und man kann immer daraus entspringende Wirkungen von einem großen Umfange erwarten . . .“
Verein: Zusammenschluß einzelner Gruppen.
entzündendes Kraut: giftiges Kraut.
belorberte Furie: die mit Lorbeer geschmückte Furie des Eroberungskrieges.
Es entglüht schon in euren Landen die Asche: D. h., was in Frankreich geschah, könnte sich in Deutschland wiederholen.
Deren Blut auch Wasser nicht ist: Nach Vetterleins Kommentar zu dieser Ode, nimmt Klopstock hier direkt Bezug auf Auseinandersetzungen in der französischen Nationalversammlung. Vetterlein vermerkt: „Als . . . jemand die Verdienste des französischen Adels um den Staat, für den er sein Blut verspritzt habe, in einer langen Rede erhoben hatte, trat ein anderer auf und antwortete ihm bloß mit der Frage, ob denn das Blut der Bürgerlichen, die unter ihnen gefochten hätten, etwa Wasser gewesen sei?“
Wer zu täuschen vermag ff.: In den letzten zwei Zeilen sagt der Dichter, daß er, der den Ausgang des Kriegs zu erleben wünscht, am meisten erfreut werden könne durch die Voraussage eines schnellen Ablaufs der Ereignisse.

115 MEIN IRRTHUM
das verruchte Schwert: Gemeint ist wohl die Guillotine.
als nun Erobrungskrieg . . . begann: Anspielung auf die Ende 1792 einsetzenden militärischen Aktionen der Franzosen gegen andere Länder.
Kordä: Charlotte Corday, die im Juli 1793 Marat ermordete.

Richter schändeten sich: bezieht sich auf das Faktum, daß Marat von den Girondisten wegen Aufforderung zum Mord angeklagt, aber von den jakobinisch gesinnten Richtern freigesprochen worden war.

118 DER SIEGER

Das Gedicht ist Ausdruck der Freude darüber, daß der Dichter trotz der schmerzlichen Enttäuschung über den Verlauf der Französischen Revolution nicht zum Menschenfeind wurde.

118 AUCH DIE NACHWELT

Franken: Franzosen.
entstirnte Freyheitsvertilger: Freiheitsvertilger, die den Verstand verloren haben.
hallet es wieder: wiederholt es.

120 DER FROHSINN

Stahl: Schlittschuh.
des Winters Dürre beblütet: mit Rauhreif behangen.
Weinende Weide: Trauerweide.

122 DIE ERINNERUNG

Ebert: Vgl. die Anmerkungen zur Ode *Auf meine Freunde.* Ebert war am 19. März 1795 gestorben.
kein Mord geschehn: bezieht sich auf die Französische Revolution.

122 DAS VERLÄNGERTE LEBEN

Wie am Feste: Gemeint ist das Pariser Bundesfest vom 18. Juli 1790, bei dem die Champs-Elysées mit Blumen ausgelegt waren.
Vergang: von Klopstock häufiger gebrauchtes poetisches Wort für Vergangenheit und Vergangenes.

123 AN DIE NACHKOMMENDEN FREUNDE

Winzerin: Stern aus dem Sternbild der Jungfrau.
Maja: zum Siebengestirn gehörend.
Apollo: einer der Zwillinge.
Arktur und Zynosura: der Bärenhüter und der kleine Bär.
Sirius: Fixstern.
Ähre: gehört ins Sternbild der Jungfrau.
Asterope und Zeleno: Sterne des Siebengestirns.

124 DAS WIEDERSEHN
   fernt: entfernt.

125 WINTERFREUDEN
   Kristall der Ströme: das Eis.
   Flügel des Stahls: Schlittschuhe.
   Wasserkothurn: Schlittschuhe.
   hellbeblüthete Ulmen: mit Schnee bedeckte Ulmen.
   Beindorf: ein Freund Klopstocks während der Zeit in Däne-
   mark. Beindorf rettete 1762 den beim Eislauf eingebrochenen
   Dichter.

127 DER SEGEN
   Julia: Klopstocks Großmutter väterlicherseits.
   Vergessung: das Vergessen oder die Vergessenheit.
   Ich kam von der Limmat, flog zu den Belten: Gemeint ist die
   Reise von Zürich nach Kopenhagen im Jahr 1751.

Im folgenden wird ein aus den Odenausgaben von H. Düntzer und R. Hamel stammender Überblick über die von Klopstock gebrauchten Versmaße abgedruckt. Unberücksichtigt blieben in diesem Verzeichnis die Distichen, die jambischen Verse und die freien Rhythmen.

I. Horazische Versmaße

a. Unveränderte

1. Erstes archilochisches Versmaß:

$$- \overline{\smile\smile} - \overline{\smile\smile} - \overline{\smile\smile} - \overline{\smile\smile} - \smile\smile - \breve{\smile}$$
$$- \overline{\smile\smile} - \smile\smile -$$

An Giseke – An Ebert

2. Drittes asklepiadeisches Versmaß:

$$- \smile - \smile\smile -, - \smile\smile - \smile\smile$$
$$- \smile - \smile\smile -, - \smile\smile - \smile\smile$$
$$- \smile - \smile\smile -, - \smile\smile - \smile\smile$$
$$- \smile - \smile\smile - \smile -$$

Friedrich der Fünfte (Welchen König der Gott)

3. Viertes asklepiadeisches Versmaß:

$$- \smile - \smile\smile -, - \smile\smile - \smile \breve{\smile}$$
$$- \smile - \smile\smile -, - \smile\smile - \smile \breve{\smile}$$
$$- \smile - \smile\smile - \breve{\smile}$$
$$- \smile - \smile\smile - \smile -$$

Bardale – Der Zürchersee – Friedensburg

4. Alkäische Strophe:

$$\smile - \smile - \smile -, - \smile\smile - \smile \breve{\smile}$$
$$\smile - \smile - \smile -, - \smile\smile - \smile \breve{\smile}$$

$$\cup - \cup - \cup - \cup - \bar{\cup}$$
$$- \cup \cup - \cup \cup - \cup - \bar{\cup}$$

An Fanny – An Johann Heinrich Voß – Auch die Nachwelt – Auf meine Freunde – Der Abschied – Ihr Schlummer

b. Veränderte

5. Umgekehrtes zweites asklepiadeisches Versmaß. Bei
Horaz geht der kurze Vers voran, und beide Verse beginnen immer mit einem Spondeus. Klopstock meinte,
„der längere Vers wäre glücklicher der erste, als daß er
der zweite ist":

$$- \breve{\cup} - \cup \cup -, - \cup \cup - \cup -$$
$$- \breve{\cup} - \cup \cup - \cup -$$

An Bodmer – An Cidli – Das verlängerte Leben – Der
Lehrling der Griechen

6. Verkürztes alkmanisches Versmaß:

$$- \bar{\cup} - \bar{\cup} - \bar{\cup} - \bar{\cup} - \cup \cup - \cup$$
$$- \bar{\cup} - \bar{\cup} - \cup \cup -$$

Der Freyheitskrieg

7. Klopstockisch-sapphisches Versmaß:

$$- \cup \cup - \cup - \cup - \cup - \bar{\cup}$$
$$- \cup - \cup \cup - \cup - \bar{\cup}$$
$$- \cup \cup - \cup - \cup - \bar{\cup}$$
$$- \cup \cup - \bar{\cup}$$

Der Frohsinn – Die deutsche Bibel – Furcht der Geliebten

II. Eigene Versmaße

1. Auf einen Hexameter folgt ein daktylischer Vers von
wechselnder Länge.
An die nachkommenden Freunde

2.

– ∪ – ∪ ∪ –, ∪ – ∪ – ◡̄
– ∪ – ∪ ∪ –, ∪ – ∪ – ◡̄
– ∪ ◡̄ – ∪ ∪ – ◡̄
– ∪ ∪ – ∪ ∪ –

An Sie

3.

∪ – ∪ – ∪ –, ∪ ∪ –
∪ ∪ –, ∪ – ∪ –, ∪ ∪ –
– ∪ –, – ∪ ∪ –, – ∪ –
– ∪ ∪ –, – ∪ ∪ –

Der Eislauf

4.

– ∪ ∪ –, ◡̄ – ∪ ∪ –, ∪ ∪ – ∪
– ∪ ∪ –, ∪ ∪ – ◡̄, ∪ ∪ – ∪
– ◡̄ – ∪ ∪ –, ◡̄ – ∪
– ∪ ∪ – ∪ ∪ –

Das Gegenwärtige

5.

∪ – ∪ – ∪, – ∪ ∪ – ∪ ◡̄
∪ – ∪ ∪ – ∪ – ◡̆
– ∪ – ∪ ∪ – ∪
– ∪ ∪ – ∪ ∪ –

Gegenwart der Abwesenden

6.

∪ – ∪ ∪ – ∪ ∪ –
– ∪ ∪ – ∪ ∪ –
∪ ∪ –, – ∪ –, – ∪ – ∪ –
– ∪ ∪ – ∪ ∪ –, – ∪ ∪ –

Die frühen Gräber

7.

∪ ∪ – ∪, ∪ ∪ – ∪, ∪ ∪ –
∪ ∪ – ∪, ∪ ∪ – ∪, ∪ ∪ – ∪
∪ ∪ – ∪, ∪ ∪ – ∪
∪ ∪ – ∪ ∪ –

Die Sommernacht

8.

$$– \breve{\smile} – \smile\smile –, – \smile\smile –$$
$$– \smile – \smile\smile –, \smile – \smile –$$
$$\smile\smile – \bar{\smile}, \smile\smile – \smile –$$
$$– \breve{\smile} – \smile\smile –$$

Mein Irrthum

9.

$$\smile\smile – \smile\smile\smile – \smile\smile\smile – \smile\smile – \smile –$$
$$\smile – \smile\smile\smile – \smile\smile – \smile\smile – \smile –$$
$$– \smile\smile – \smile\smile – \smile –$$
$$\smile\smile – \smile\smile – \smile – \smile\smile –$$

Thuiskon

10.

$$– \smile\smile –, – \smile\smile –, \smile\smile – \smile –$$
$$– \smile\smile –, \smile\smile – \bar{\smile}, \smile\smile – \smile –$$
$$– \smile – \smile\smile –, \smile – \smile$$
$$– \smile\smile – \smile –$$

Ästhetiker

11.

$$– \smile\smile –, – \smile\smile –, \smile\smile – \smile –$$
$$– \smile\smile –, \smile\smile – \bar{\smile}, \smile\smile – \smile –$$
$$– \smile – \smile\smile –, \smile – \smile$$
$$– \smile\smile – \smile –$$

Der Sieger

12.

$$\smile\smile – \smile – \smile\smile –, \bar{–} – \smile$$
$$– \smile\smile –, – \bar{–} – \smile\smile –$$
$$\smile – \smile\smile – \smile\smile –$$
$$\smile\smile – \bar{\smile}, \smile\smile – \smile$$

Die Sprache

13. Nur einmal in dem Gedicht *Der Kamin* gebrauchtes
Versmaß, zu dem Klopstock in seinem Aufsatz *Neue
Silbenmaße* in den *Fragmenten über Sprache und Dichtkunst* sagt: „Der Didymäus ist der herrschende Fuß,
(an dessen Stelle, der Ähnlichkeit wegen, der Jonikus
auch wohl einmal gesetzt wird) der Anapäst derjenige,

der am oftesten mit ihm abwechselt; der Baccheus, der am seltensten vorkömmt. Der gewöhnlichere Ausgang ist der Daktyl und Kretikus." ... „Der Baccheus darf niemals auf den Didymäus folgen, um die Gleichheit mit dem Schlusse des Hexameters zu vermeiden. Der herrschende Fuß muß wenigstens einmal in jedem Verse vorkommen. Ich nenne dieß Sylbenmaß nach diesem Fuße das päonische."

Der Kamin

14. Auf drei hexametrische Verse folgt als Schlußvers:

$$- \breve{\smile}\breve{\smile} - \breve{\smile}\breve{\smile} - \breve{\smile}\breve{\smile} - \breve{\smile} -$$

Unsere Sprache an uns

Distichen

Die künftige Geliebte – Rothschilds Gräber – Der Eroberungskrieg – Winterfreuden – Sie, und nicht Wir

Jambische Metren

Die Königin Luise – Das Rosenband – Das Wiedersehn

Freie Rhythmen

Dem Allgegenwärtigen – Die Frühlingsfeyer – Die Welten – Dem Unendlichen – Fürstenlob – Der Hügel, und der Hain – An den Erlöser – An Freund und Feind – Die Erinnerung – Der Segen – Die Glückseligkeit Aller

LITERATURHINWEISE

Benutzte Ausgabe:

Friedrich Gottlieb Klopstocks Oden. Mit Unterstützung des Klopstockvereins zu Quedlinburg hrsg. von F. Muncker und J. Pawel. Bd. I. II. Stuttgart 1889.

Kommentierte Ausgaben:

Klopstocks Oden und Elegieen mit erklärenden Anmerkungen und einer Einleitung von dem Leben und den Schriften des Dichters. Von C. F. R. Vetterlein. Bd. 1–3. Leipzig 1827/28.
Friedrich Gottlieb Klopstock: *Oden.* Auswahl. Mit Einleitung und Anmerkungen. Hrsg. von H. Düntzer. 3. Aufl. Leipzig 1887.
Klopstocks Werke. Hrsg. von R. Hamel. T. 3: Oden, Epigramme und geistliche Lieder. Berlin und Stuttgart 1884. (Deutsche National-Litteratur. Bd. 47)

Spezialarbeiten zu Klopstocks Oden:

G. C. L. Schuchard: *Studien zur Verskunst des jungen Klopstock.* Stuttgart 1927. (Tübinger Germanistische Arbeiten. Bd. 2)
E. Kaußmann: *Der Stil der Oden Klopstocks.* Diss. Leipzig 1931.
G. Goldbach: *Das Stilproblem der Odendichtung Klopstocks.* Diss. München 1938.
I. Böger: *Bewegung als formendes Gesetz in Klopstocks Oden.* Berlin 1939. (Germanische Studien. H. 207)
F. Beißner: *Klopstocks Ode „Der Zürchersee".* Ein Vortrag. Münster und Köln 1952.

Allgemeine Literatur:

C. F. Cramer: *Klopstock.* Er; und über ihn. Th. 1: 1724–1747. Hamburg 1780. Th. 2: 1748–1750. Dessau 1781. Th. 3: 1751 bis 1754. Dessau 1782. Th. 4: 1755. Leipzig und Altona 1790. Th. 5: 1755. Leipzig und Altona 1792.
F. Muncker: *Friedrich Gottlieb Klopstock.* Geschichte seines Lebens und seiner Schriften. 2. Aufl. Berlin 1900.
F. Schultz: *Klopstock.* Seine Sendung in der deutschen Geistesgeschichte. Frankfurt a. M. 1924. (Frankfurter gelehrte Reden und Abhandlungen. H. 3)

K. Kindt: *Klopstock*. Berlin-Spandau 1941.

C. Muth: *Schöpfer und Magier*. 3 Essays. (Klopstock, Goethe, George) 2. Aufl. München 1953.

M. Freivogel: *Klopstock, der heilige Dichter*. Bern 1954. (Basler Studien zur deutschen Sprache und Literatur. H. 15)

K. A. Schleiden: *Klopstocks Dichtungstheorie als Beitrag zur Geschichte der deutschen Poetik*. Saarbrücken 1954.

J. Murat: *Klopstock*. Les Thèmes principaux de son œuvre. Paris 1959.

K. L. Schneider: *Klopstock und die Erneuerung der deutschen Dichtersprache im 18. Jahrhundert*. Heidelberg 1960.

G. Kaiser: *Klopstock*. Religion und Dichtung. Gütersloh 1963. (Studien zur Religion, Geschichte und Geisteswissenschaft. Bd. 1)

1724 Am 2. Juli wird Friedrich Gottlieb Klopstock als erstes Kind des Stiftsadvokaten Gottlieb Heinrich Klopstock in Quedlinburg geboren. Seine Mutter, Anna Maria, geb. Schmidt, entstammt einer wohlhabenden Kaufmannsfamilie aus Langensalza.

1732 Der Vater pachtet das Amt Friedeburg. Die Familie lebt hier in der Atmosphäre großherrschaftlichen Grundbesitzes. Klopstock genießt das Landleben.

1736 Verlust des Familienvermögens durch die Pacht des Amtes Friedeburg. Rückkehr der Familie nach Quedlinburg. Klopstock besucht das Quedlinburger Gymnasium.

1739 Klopstock erhält eine Freistelle an der Fürstenschule Schulpforta.

1745 21. Sept.: Klopstocks Abschiedsrede in Schulpforta. Unter dem Einfluß der dichtungstheoretischen Schriften Bodmers und Breitingers fordert Klopstock die Schaffung eines repräsentativen deutschen „Heldengedichtes". Dabei deutet er bereits eigne literarische Pläne an.

Immatrikulation an der Theologischen Fakultät in Jena. Beginn der Arbeit am *Messias*. Zunächst Niederschrift der drei ersten Gesänge in Prosa.

1746 Ab Ostern Studium in Leipzig zusammen mit seinem Vetter und Freund Johann Christoph Schmidt. Durch Schmidts Vermittlung erfährt Johann Andreas Cramer, einer der Herausgeber der sog. *Bremer Beiträge*, von Klopstocks *Messias*, dessen fertige Teile inzwischen in Hexameter umgeschrieben worden sind.

1748 In den *Bremer Beiträgen* (*Neue Beiträge zum Vergnügen des Verstandes und Witzes*) erscheinen die drei ersten Gesänge des *Messias*. Diese Veröffentlichung begründet den literarischen Ruhm Klopstocks.

Der Dichter übernimmt eine Hauslehrerstelle bei dem Kaufmann Weiss in Langensalza. Neigung zu seiner Cousine Maria Sophia Schmidt, die in den frühen Oden als Fanny besungen wird.

1750 Klopstock folgt einer Einladung Bodmers nach Zürich, wo er am 21. Juli eintrifft. In Zürich erhält er im August die Nachricht, daß ihm der dänische König (Friedrich V.) auf Betreiben des Grafen Bernstorff ein Jahresgehalt von 400 Talern gewährt hat und ihn nach Kopenhagen beruft.

1751 Im Februar Abreise aus Zürich nach Kopenhagen. Auf der Durchreise lernt Klopstock in Hamburg Meta Moller kennen.

1752 Verlobung mit Meta (Cidli).

1754 Trauung mit Meta Moller in Hamburg am 10. Juni.

Klopstock erkrankt schwer in Quedlinburg. Nach seiner Genesung reist er mit Meta nach Kopenhagen. In den nächsten Jahren lebt Klopstock mit seiner Frau die Wintermonate in Kopenhagen, während des Sommers aber in Lyngby bei Kopenhagen. Meta fördert die Weiterarbeit am *Messias*.

1756 Tod des Vaters.

1758 Meta stirbt am 28. November in Hamburg bei der Geburt ihres ersten Kindes.

1759 Klopstock stellt Metas Dichtungen zusammen. Sie erscheinen unter dem Titel *Hinterlassne Schriften von Magareta Klopstock*. Im August kehrt der Dichter nach Kopenhagen zurück.

1760 Längerer Aufenthalt in Deutschland.

1762 Bekanntschaft mit Sidonie Diedrich, der zwanzigjährigen Tochter eines Amtsrates aus Blankenburg. Vergebliche Werbung um Sidonie.

1766 König Friedrich V., Klopstocks Förderer, stirbt.

1768 Klopstock erfährt von den Plänen des Wiener Hofes für die Gründung einer Akademie der Künste und Wissenschaften. Er läßt durch befreundete Diplomaten eigene Pläne und Vorschläge für die Durchführung eines solchen Projektes vorlegen und widmet in diesem Zusammenhang Joseph II. sein erstes vaterländisches Drama *Hermanns Schlacht*.

1770 Der Minister Bernstorff, Klopstocks Freund und Gönner, wird durch Struensee gestürzt. Klopstock folgt Bernstorff nach Hamburg und gerät dadurch in Gefahr, das dänische Jahresgehalt zu verlieren.

1771 Klopstock gibt die erste von ihm selbst besorgte Sammlung seiner Oden heraus. Er widmet sie Bernstorff.

1773 Der Dichter schließt mit der Vollendung der Gesänge 16–20 den *Messias* ab.

1774 Klopstock veröffentlicht *Die deutsche Gelehrtenrepublik*.

Er folgt einer Einladung des Markgrafen Karl Friedrich von Baden nach Karlsruhe, wo ihm Rang und Gehalt eines Hofrats verliehen werden. Auf der Reise nach Karlsruhe ist er in Göttingen gefeierter Gast des „Hainbundes". In Frankfurt begegnet er Goethe.

1775 Der Dichter reist nach Hamburg zurück und gibt den Gedanken eines dauernden Aufenthaltes am badischen Hof auf trotz des freien, fast freundschaftlichen Umgangs mit dem kunstliebenden Markgrafen.

1776 Klopstock zieht in Hamburg zu seiner Nichte Johanna Elisabeth von Winthem, in deren Familie er von nun an lebt. Es kommt zum Bruch mit Goethe.

1779 Die Fragmente *Über Sprache und Dichtkunst* erscheinen in Hamburg.

1780 Klopstock veranstaltet in Altona eine neue Ausgabe des *Messias*, wobei das Werk zugleich in der normalen Orthographie und in Klopstocks eigener Rechtschreibung gedruckt wird.

1784 *Hermann und die Fürsten*, der zweite Teil der vaterländischen Dramentrilogie Klopstocks, wird abgeschlossen und veröffentlicht.

1787 *Hermanns Tod*, das letzte der vaterländischen Dramen, erscheint.

1790 Klopstock begrüßt enthusiastisch die Französische Revolution. Er nimmt in Hamburg an einer Feier zur Erinnerung an den Sturm auf die Bastille teil und verliest bei dieser Gelegenheit seine Oden auf die Französische Revolution.

1791 Vermählung mit der verwitweten Johanna Elisabeth von Winthem.

1792 Die französische Nationalversammlung ernennt Klopstock zum französischen Bürger.

1793 Erbitterte Abkehr von den Vertretern der Revolution in Frankreich.

1794 Die *Grammatischen Gespräche* erscheinen.

1798 Ausgabe letzter Hand bei Göschen in Leipzig.

1803 Klopstock stirbt am 14. März in Hamburg. Sein Begräbnis wird zu einer Nationalfeier.

Mit dem Übergang von der Aufklärung zur Empfindsamkeit verändert sich die deutsche Dichtung nicht nur in ihrem äußeren Gepräge, sondern in ihrer Grundstruktur. Die Dichter des Barockzeitalters und des frühen 18. Jahrhunderts fanden keinen Reiz darin, im künstlerischen Schaffen ihre Individualität zur Geltung zu bringen, weil die Dichtung dieser Epochen noch stärker gesellschaftsgebunden war und dementsprechend ihre Erfüllung vor allem in der Gestaltung der von der Gesellschaft aufgegebenen Themen fand. Mit dem Erstarken des neuzeitlichen Individualitätsbewußtseins wendet sich jedoch um die Mitte des 18. Jahrhunderts die deutsche Dichtung immer mehr der seelischen Erfahrungswelt des einzelnen zu. Die Verstandeskultur der Aufklärung wird in der Empfindsamkeit und im Sturm und Drang allmählich durch eine neue Gefühlskultur abgelöst. Bereits im Werk des jungen Goethe ist dieser Übergang von der objektivistischen Gesellschaftsdichtung zur subjektivistischen Erlebnisdichtung vollzogen. Für die Folgezeit gehört es zu den selbstverständlichen Voraussetzungen des literarischen Lebens, daß der Dichter vor allem aus der eigenen Gefühlserfahrung schöpft und auch seinen Ausdrucksformen ein möglichst individuelles Gepräge verleiht. Klopstock hat an der Heraufführung der sogenannten Erlebnisdichtung entscheidenden Anteil gehabt. Er vermochte zwar seit den siebziger Jahren mit der durch Goethe und seine Gefährten mächtig vorangetriebenen Entwicklung nicht mehr Schritt zu halten, doch ändert das nichts an der Tatsache, daß er einer der entscheidenden Wegbereiter der klassischen Dichtung gewesen ist. Klopstock hat durch seine Erneuerung der poetischen Sprache den Dichtern der folgenden Generationen ein Ausdrucksinstrument von unvergleichlicher Feinheit geschaffen. Ohne seine bahnbrechenden Leistungen im Bereich der Verskunst und der Sprache sind die Dichtungen des jungen

Goethe kaum denkbar. Ebenso wie Goethe gingen Schiller, Hölderlin, Claudius, Voß, Hölty und die Brüder Stolberg durch die Schule Klopstocks. Noch Kleist und ein Teil der Romantiker zeigen in ihren Jugenddichtungen oder in einzelnen Zügen ihrer Gestaltungstechnik deutlich seine Einflüsse.

Während Klopstock also bei den Zeitgenossen mit seinen Dichtungen lebhafte und zeitweilig sogar erregte Anteilnahme fand, verlor das Publikum des 19. Jahrhunderts allmählich das Gefühl für die Bedeutung dieses Vorklassikers. Dem heutigen Leser ist die Dichtung Klopstocks in mancher Hinsicht gewiß noch fremder geworden, doch wird er gerade auf Grund der größeren Distanz auch nicht mehr erwarten, daß sich ihm die Welt dieser vorklassischen Poesie mühelos erschließt. Selbst Klopstocks lyrisches Werk, das Gedichte von unvergänglicher Schönheit enthält, spricht vielfach das moderne ästhetische Empfinden nicht mehr unmittelbar an. „Man kann", sagte in einer älteren Oden-Auswahl Richard Hamel, „Klopstock nur in wenigen Stücken lesen, im großen und ganzen muß man ihn studieren." Besonders die frühe Odendichtung aus den Jahren 1747 bis 1750 bedarf der Erläuterung, denn der Leser vermag sich sonst kaum eine zureichende Vorstellung von der außergewöhnlichen geschichtlichen Bedeutung dieser spröden Gebilde zu machen. Mit den Oden an Fanny und mit den Freundschaftsoden unternahm Klopstock einen folgenreichen Ausbruch aus den von der aufklärerischen Dichtungstheorie gezogenen Grenzen. Gottsched hatte durch seine aus Frankreich übernommene Naturnachahmungstheorie die Erfindung nichtexistierender Dinge und ebenso auch die Darstellung des Übernatürlichen rigoros aus der Dichtung verbannt. Aus dieser Theorie ergab sich nun notwendig, daß die dichterische Phantasie ihrer angestammten Rechte beraubt und in eine untergeordnete Funktion verwiesen wurde. Gegen eine solche Deklassierung der dichterischen Einbildungskraft sind bekanntlich die von Miltons Dichtungen beeinflußten Schweizer Theoretiker Johann Jacob Bodmer (1698–1783) und

Johann Jacob Breitinger (1701–76) zu Felde gezogen, und sie haben in einem langwierigen Literaturkrieg mit Gottsched und seinen Anhängern die Rehabilitierung der Phantasie erzwungen. Klopstock hat die Anregungen dieser beiden Kritiker aufgenommen und ihre theoretischen Forderungen in seiner dichterischen Praxis rasch verwirklicht. Er wagte es, in seinem Epos *Der Messias* eine Handlung darzustellen, die nicht nur den menschlichen Erfahrungsbereich entschieden überschritt, sondern außerdem auch übernatürliche Wesen in großer Zahl agieren ließ. Das war eine eklatante Verletzung der aufklärerischen Dichtungstheorie.

Auch die frühen Oden Klopstocks haben provozierenden Charakter, denn sie beschäftigen sich in forcierter Form mit Gebilden der Imagination. In der Ode *An Ebert* vergegenwärtigt Klopstock in einer Vorausschau den Tod seiner noch jungen Freunde, um sich durch dieses düstere Phantasiebild den Wert der Freundschaft deutlicher zu machen. Am nachdrücklichsten hat er die Ausrichtung seiner Frühdichtung auf das Künftige in der Ode *An Fanny* durchgeführt. Sie zeigt in einem äußerst kunstvoll aufgebauten Phantasiebild die Vereinigung des Dichters mit der vergeblich umworbenen Fanny im Jenseits. Zukunftsbilder bieten in ausgeprägter Form ferner die Gedichte *Die künftige Geliebte* und *Der Abschied*. Für den zeitgenössischen Leser hatten diese Verse besondere Aktualität, für den Dichter selbst lag ein hoher Reiz darin, die Phantasie wieder spielen zu lassen und damit zugleich die rationalistische Dichtungstheorie außer Kurs zu setzen.

Auch in den Freundschaftsoden zeigt sich die entschiedene Abkehr von der Aufklärung, denn hier ist nicht mehr wie sonst in der Poesie der Zeit vom moralischen Nutzen der Freundschaft die Rede. Klopstock stellte in seinen lyrischen Bildern und Szenen die Freundschaft als seelisches Erlebnis dar. Meist weitet sich auch die Behandlung der einzelnen Freundschaftsbeziehung zum enthusiastischen Preislied auf den Bund mehrerer Freunde. Diese Tendenz zur Universalität der Freundschaft hat vor allem ihren Niederschlag gefunden in dem großen Gedicht *Auf meine Freunde,* in dem nicht nur Cramer, Gärtner, Ebert, Gellert, Schlegel und Rabener als Dichter und Gefährten besungen werden, sondern auch schon die künftigen Freunde in den Bund miteinbezogen erscheinen. Für Klopstock, der vom Freundeskreis der „Bremer Beiträger" (Herausgeber der Zeitschrift *Neue Beiträge zum Vergnügen des Verstandes und Witzes*) entdeckt und zuerst gefördert worden ist, gehören Freundschaft und Dichtung überhaupt unmittelbar zusammen. Die mit pietistischer Gefühlsintensität erlebte Freundschaft ist der Nährboden einer neuen Dichtung. Diese Dichtung wiederum vertieft den Freundschaftsbund und verbürgt zugleich seinen geistigen Zusammenhalt. Klopstock hat in seiner Ode *Der Zürchersee* ein prägnantes, allerdings nicht ohne weiteres zu verstehendes Sinnbild für den engen Zusammenhang von Dichtung und empfindsamer Geselligkeit gegeben. An der in diesem Gedicht dargestellten Bootsfahrt auf dem Zürchersee, die Klopstock am 30. Juli 1750 mit einer Schar junger Bewunderer unternahm, waren auch der mit dem Dichter Ewald von Kleist befreundete Johann Kaspar Hirzel und seine Frau beteiligt. Auf dieser Fahrt las unser Dichter einige Partien aus dem *Messias* und trug Hagedorns Lieder vor. Hirzels Frau sang zur Unterhaltung der Gesellschaft Albrecht von Hallers Gedicht *Doris* in einer zeitgenössischen Vertonung. Diese Vorgänge hat Klopstock in der sechsten Strophe seiner Ode in so gedrängter Kürze dargestellt, daß es nicht leicht ist, den Gehalt der Aussage richtig zu verstehen:

> „Hallers Doris", die sang, selber des Liedes werth,
> Hirzels Daphne, den Kleist innig wie Gleimen liebt;
> Und wir Jünglinge sangen,
> Und empfanden, wie Hagedorn.

Man hat diese Strophe gelegentlich als schwache Stelle der Ode bezeichnet. Der Literarhistoriker Albert Köster sprach vom „widerborstigsten und verzwacktesten Satz, der vielleicht in der ganzen deutschen Lyrik zu finden ist". Wer indes bei Einwänden gegen die syntaktische Härte dieser Verse stehenbleibt, der übersieht, daß der Dichter mit seinem verschachtelten Satz etwas Besonderes ausdrücken wollte. Ohne Zweifel lag ihm daran, in dieser einen Strophe ein möglichst konzentriertes und in sich geschlossenes Sinnbild des empfindsamen Freundschaftskultes zu geben. Freundschaftliche Geselligkeit und Dichtungserlebnis durchdringen sich hier eindrucksvoll, denn der Vortrag der Lieder steigert ja nicht nur die Wirkung der Dichtung, sondern bezieht gleichsam auch die bewunderten Dichter Haller und Hagedorn mit ein in den Bund der Freunde. In ähnlichem Sinne ist es wohl auch zu deuten, daß ausdrücklich die Liebe Kleists zu Hirzel und Gleim erwähnt wird, denn derartige Querverbindungen bezeugen die Universalität der Freundschaft. Die sechste Strophe ist also offensichtlich ein künstlerischer Schwerpunkt des Gedichtes, und auch der Schachtelsatz verdient als sinnhaltig gewordene Ausdrucksform ernst genommen zu werden.

Neben den Fanny-Oden und den Freundschaftsoden läßt auch die Gruppe der Huldigungsgedichte erkennen, wie rasch der junge Klopstock durch sein Auftreten die Entwicklung in neue Bahnen gelenkt hat. Die hohe Auffassung, die er als Sänger des *Messias* vom Amt des Dichters hatte, machte ihn von vornherein zu einem entschiedenen Gegner der im 18. Jahrhundert noch florierenden Dedikationspoesie. Diese Art der Poesie war in Klopstocks Augen stets in Gefahr, durch Schmeichelei die Dichtkunst zu entweihen. Als er selbst 1750 durch die ehrenvolle Berufung an den dänischen Hof unversehens in die Lage versetzt wurde, ein Huldigungsgedicht an Friedrich V. zu richten, wußte er seinem Dank an den dänischen König eine so zurückhaltende und allgemeine Form zu geben, daß er seiner Würde als Dichter nichts vergab. Vorsichtshalber stellte er dem Druck dieser Ode noch ein paar Zeilen voran, aus denen ziemlich un-

mißverständlich hervorging, daß er mit dem dänischen
Jahressold keineswegs die Rolle eines Hofpoeten zu über-
nehmen gedachte. Tatsächlich ist es ihm auch gelungen, seine
Unabhängigkeit zu wahren. Er trat seinen adligen Gönnern
selbstbewußt als Gleichberechtigter entgegen und hat allen,
die Dichtung nur als bezahltes Hofpoetentum kannten, eine
wesentlich höhere Auffassung vom Dichtertum vor Augen
geführt. Klopstock war der erste deutsche Poet, der aus
seiner Berufung zum Dichtertum auch einen Beruf machen
konnte. Die exemplarische Unabhängigkeit seiner Existenz
hat die gesellschaftliche Situation des deutschen Dichters
grundlegend verändert. Die wenigen Huldigungsgedichte,
die Klopstock überhaupt dem dänischen Königshaus gewidmet hat, sind jedenfalls frei von feilem höfischen Lob. Sie
verdienen ohne jede Rangabstufung neben den anderen
Oden genannt zu werden. Wenn man Klopstocks würdige
Totenklage auf die dänische Königin Luise etwa mit dem
gleichzeitig entstandenen Gedicht auf die Verstorbene von
Johann Matthias Dreyer vergleicht, so gewinnt man eine
konkrete Vorstellung von dem Fortschritt, den Klopstock
durch seine Kunst und seine selbstbewußte Haltung herbei-
geführt hat.

F. G. KLOPSTOCK

Die Königin Luise

Da Sie, ihr Name wird im Himmel nur genennet!
Ihr sanftes Aug' im Tode schloß,
Und, von dem Thron', empor zum höhern Throne,
In Siegsgewande trat,

Da weinten wir! Auch der, der sonst nicht Thränen
                                        kannte,
Ward blaß, erbebt' und weinte laut!
Wer mehr empfand, blieb unbeweglich stehen,
Verstummt', und weint' erst spät.

. . . .

J. M. DREYER

Auf die Beerdigung
Ihro Majestät, der Königin Louise von Dännemark

Im Jan. 1752

Sie, unsre Königin, die göttliche Louise,
Sie sagt der Welt und uns auf ewig gute Nacht.
Sie, die ihr treues Land durch Sich dem Paradiese,
Ihr Herz dem Himmel gleich gemacht.

Sie, Ihres SchöpfersBild und seiner SchöpfungEhre,
Sie, Ihres Königs Lust und Seiner Völker Glück.
An Ihr vergnügten sich die Thronen, die Altäre,
Die Welt, die Tugend, das Geschick.

. . . .

So wichtig der durch Klopstock bewirkte Wandel in der
Auffassung des Dichtertums gewesen sein mag, das größte
Verdienst hat sich Klopstock unzweifelhaft als Erneuerer
der Verskunst und der poetischen Sprache erworben. Schon
in seinem Frühwerk gelang es ihm, sowohl den Hexameter
als auch die Versmaße des Horaz überzeugend in deutscher
Sprache nachzubilden. Vorläufer wie Pyra und Lange hatten
ihm wohl den Weg gebahnt, doch bedurfte es immerhin noch
einer großen künstlerischen und sprachschöpferischen Leistung, um diese Gestaltungsformen endgültig der deutschen
Dichtung zu erobern. Klopstock hat diese Tat vollbracht und
damit jenen Zustand der Stagnation überwunden, in den
die deutsche Verskunst besonders durch die langjährige Vor-
herrschaft des Alexandriners geraten war. Die rhythmische
Einförmigkeit und Starre des deutschen Alexandriners
schloß eine Fülle von Wörtern und Zusammensetzungen
überhaupt von der Sprache der Poesie aus. Auch der Reim
wirkte sich hemmend auf die syntaktischen Bewegungsfrei-
heiten aus. Mit der Eindeutschung des Hexameters und der
Odenformen wurde nun die verlorengegangene rhythmische
Dynamik zurückgewonnen. Den Dichtern boten sich jetzt

neue Ausdrucksmöglichkeiten an. Herder hat Klopstocks formale Neuerungen frühzeitig in ihrer weitreichenden Bedeutung erkannt und sie als Befreiungstat gewürdigt. Er legte der Klopstockschen Muse folgende stolze Rede an die Deutschen in den Mund: „... auf eine vorher ungeahnte Weise machte ich Euch Eure ganze Sprache melodisch. Was kümmert mich, wofür Ihr meinen Meßias haltet? Was er wirken sollte, hat er gewirkt und wird er wirken; nächst Luthers Bibelübersetzung bleibt er Euch das erste klassische Buch Eurer Sprache. Meine lyrischen Gedichte haben Eure Saitenspiele tausendfach belebt; statt des schmalen Brettes von vier eintönigen Saiten gaben sie Euch ein reiches Psalterion, Apollos Köcher voll musikalischer Pfeile. Keine meiner Oden ist der andern gleich; jede blüht – eine eigene lebendige Organisation an Gestalt, an Duft und Farben" (Herders Sämmtliche Werke. Hg. von B. Suphan, Bd. 24, S. 221).

Welche belebende Bewegung durch die neuen Vers- und Gedichtformen auch in die Sprache einzog, das kann man am besten an Klopstocks eigenen Oden beobachten. Unermüdlich zeigt er sich im Aufspüren neuartiger Wortzusammensetzungen. Besonders die Präfixbildungen bieten ihm reiche Möglichkeiten, Gefühlsäußerungen nach Wunsch zu intensivieren und zu nuancieren. Es ist instruktiv zu sehen, wieviel Komposita Klopstock allein mit dem Wort „beben" gebildet hat: Daherbeben, dahinbeben, durchbeben, fortbeben, herabbeben, heraufbeben, hervorbeben, herzubeben, hinbeben, hinaufbeben, nachbeben, wegbeben, zubeben, zurückbeben. – Die spielende Beweglichkeit des Ausdrucks, die hier erreicht ist, läßt sich auch im syntaktischen Bereich feststellen. Klopstock wagt ungewöhnliche Satzverschränkungen, um emotionsgeladene Bilder und Wörter günstig zu placieren. Auch errichtet er (etwa in den Oden *An Fanny* und *An Ebert*) kühne Satzbögen, um Spannung und Leben in die Aussage zu bringen. Während er so in der Wortwahl und Satzgestaltung der starken Gefühlsäußerung zum Durchbruch verhilft, reduziert er zugleich rigoros die logischen Partikel, die der Sprache der Aufklärungsdichtung lähmende Weitschweifigkeit und prosaischen Zuschnitt gegeben hatten. Überhaupt hat sich Klopstock mit aller Macht gegen die Tendenz der Aufklärung gewandt, den poetischen Sprachstil der Prosa anzugleichen. Dem aufklärerischen Stilideal der logischen Klarheit stellt unser Dichter das Gegenideal einer gefühlsbetonten und möglichst ausdrucksstarken Sprache entgegen. Kein Wunder, daß Gottsched ihn des Rückfalls in den Barockstil bezichtigte, die Stürmer und Dränger aber in ihm ihren Wegbereiter sahen. Die Sprache der ersten drei *Messias*-Gesänge und der frühen Oden zeigte allerdings noch mancherlei artifizielle Züge. Auch ist erwartungsgemäß festzustellen, daß der Dichter sich keineswegs überall dem Einfluß der Aufklärung ganz zu entziehen vermochte.

In den an seine Frau Meta (geb. Moller, 1728–58) gerichteten Cidli-Oden ist Klopstock jedoch schon vollkommen Herr der neuen, von ihm geschaffenen Ausdrucksformen. Vielleicht war es dem Einfluß der mit frischem Wirklichkeitssinn begabten Meta zuzuschreiben, daß sich unter den Cidli-Oden auch Gedichte von außerordentlicher Schlichtheit und fast alltäglicher Stofflichkeit finden. Ein Beispiel dieser Art ist das kleine Gelegenheitsgedicht *Furcht der Geliebten*. Als Klopstock im Herbst 1752 von Hamburg – der Vaterstadt Metas – nach Kopenhagen zurückreiste, machte sich seine junge Frau offenbar übertriebene Sorgen um ihn. Im ersten Brief nach dem Abschied klagt sie: „... nun geht meine schwerste Sorge wieder an ... Wenn du nur erst glücklich in Koppenhagen wärst, ach, wenn ich das nur erst wüßte ..." (15. Oktober 1752). Klopstock antwortete noch von unterwegs mit seinem Gedicht

Furcht der Geliebten

Cidli, du weinest, und ich schlumre sicher,
Wo im Sande der Weg verzogen fortschleicht;
Auch wenn stille Nacht ihn umschattend decket,
Schlumr' ich ihn sicher.

Wo er sich endet, wo ein Strom das Meer wird,
Gleit' ich über den Strom, der sanfter aufschwillt;
Denn, der mich begleitet, der Gott gebots ihm!
Weine nicht, Cidli.

Eine alltägliche Situation hat hier Darstellung gefunden, und zwar in völlig unpathetischer Art, wenngleich das Gedicht sonst durchaus Züge anspruchsvollster künstlerischer Gestaltung aufweist. Ein neuer, in den früheren Gedichten noch nicht vorhandener Ton erklingt hier.

In die Zeit des glücklichen, aber nur kurzen Zusammenlebens mit Meta fällt gewiß auch die Entstehung der ersten Hymnen, die Klopstock dann 1758 und 1759 in der Zeitschrift *Der nordische Aufseher* veröffentlicht hat. Mit der Ausprägung dieses Gedichttyps hat Klopstock noch einmal entscheidend auf die literarische Entwicklung eingewirkt. Nach der Eindeutschung des Hexameters und der Erneuerung der antiken Odenformen ist die Einführung der freirhythmischen Gedichte die dritte große Leistung Klopstocks. In der Hymnendichtung wurde nun das Höchstmaß an formaler Freiheit erreicht, denn in dieser Gattung wird auf Strophengliederung und Reim verzichtet. Auch Taktzahl und Taktfüllung der einzelnen Zeilen sind variabel. Es handelt sich also um eine Form, die fähig ist, sich dem großen Aufschwung des Gefühls vollkommen anzupassen. Klopstock selbst hat sie vorwiegend – aber nicht ausschließlich – für religiöse Themen gebraucht. Er ist zur Hymnenform einerseits durch die immer stärkere Abwandlung und Auflockerung der Horazischen Versmaße geführt worden, zum andern aber hat unzweifelhaft seine Beschäftigung mit den biblischen Psalmen Bedeutung für die Wahl der freirhythmischen Form gehabt. Mit seinem Freund Johann Andreas Cramer, der Hofprediger in Kopenhagen wurde und 1755 eine *Poetische Übersetzung der Psalmen* veröffentlichte, wird Klopstock wahrscheinlich in regem Gedankenaustausch über die Psalmen gestanden haben. Die hymnische Sprachgestaltung erscheint aber schon 1752 voll ausgeprägt in Klopstocks

Briefen an Meta. So schreibt er am 27. August 1752: „Mein, mein ist sie [Meta], ganz mein! – – O du, der du, auch hier schon, von bessern, der Namenlose genannt wirst, – mit ihr soll ich dich einst in deiner uns dann nähern Herrlichkeit sehn; wie schön ist deine Schöpfung, und wie sanft ist es, geschaffen zu seyn! Großer, Großer! Mein, mein Schöpfer! – – Du liebender! –" An diese leidenschaftlich erregte Sprache konnten die Dichter der Geniebewegung anknüpfen. So ist es denn auch unverkennbar, daß Goethe in seinen großen Hymnen von 1772 und 1774 (zum Beispiel: *Wandrers Sturmlied, Ganymed, An Schwager Kronos*) von Klopstocks Sprachkunst ausgeht, in der Satzverschränkung und Wortzusammensetzung allerdings noch größere Kühnheit zeigt.

Mit den Oden an die toten Freunde *(Die frühen Gräber, Die Sommernacht)* erreichte Klopstocks lyrische Kunst vielleicht den höchsten Grad der Reife und Vollkommenheit, doch beginnt zur gleichen Zeit die Bardenbegeisterung des Dichters. Klopstock machte 1765 in Kopenhagen durch Werke von Mallet und Banier Bekanntschaft mit der nordischen Mythologie. Diese Neuentdeckung wirkte auf ihn, der sich schon vorher eifrig mit dem germanischen Altertum beschäftigt hatte, so stark, daß er sich entschloß, sogar in seinen früheren Gedichten nachträglich noch die griechische Mythologie auszutauschen durch annähernd entsprechende Vorstellungen aus der nordischen Götterwelt. Die große Ode *Auf meine Freunde* wurde einer derartigen Umarbeitung unterzogen und erhielt den Titel *Wingolf*, was soviel wie „Tempel der Freundschaft" heißt. Klopstock, der als „Lehrling der Griechen" begonnen hatte, sagte sich also los von den früheren Vorbildern, um sich nun an germanischer Dichtung zu orientieren, von der er allerdings wegen der noch fehlenden germanischen Altertumswissenschaft nur unsichere Vorstellungen gewinnen konnte. In programmatischer Form wurde diese Wendung vom Griechischen zum Germanischen dargestellt in dem Gedicht *Der Hügel, und der Hain*. Klopstock konfrontierte in dieser Dichtung einen griechischen Poeten und einen Barden, die sich im Wettstreit um die

Gunst des modernen Dichters bemühen müssen. Obwohl die Vorzüge der griechischen Poesie mit Nachdruck hervorgehoben werden, entscheidet sich der moderne Dichter doch für den Barden. Zur Bekräftigung dieser Entscheidung geht er achtlos an der griechischen Leier vorbei.

> Ich seh an den wehenden Lorber gelehnt,
> Mit allen ihren goldenen Saiten,
> O Grieche, deine Leyer stehn,
> Und gehe vorüber!

Trotz dieser programmatischen Absage an die griechische Dichtung kehrte Klopstock in Stil und Versform nach 1776 stillschweigend wieder zur Antike zurück. Seine Odendichtung erfährt in dieser späteren Phase der Entwicklung auch thematisch noch ungewöhnliche Erweiterungen, weil er jetzt dazu übergeht, ästhetische Fragen im Gedicht und im hohen Odenton zu behandeln. Seine eigene dichterische Sendung und Entwicklung hatte Klopstock schon früher zum Gegenstand einiger Gedichte gemacht *(Die Stunden der Weihe, Die Genesung)*. Der Abschluß des *Messias* gab ihm erneut Anlaß zum Rückblick auf das Geleistete und auch zur Verteidigung gegen seine Feinde *(An den Erlöser, An Freund und Feind)*. Neben diesen Gedichten über die eigene Dichtung stehen eine in größerer Zahl Oden, in denen allgemeine Probleme der Poetik und der Ästhetik behandelt werden. Klopstock schreibt zum Beispiel Gedichte über Fragen der Metrik und sogar über einzelne Versfüße *(Sponda)*. Er erörtert ferner in seinen Versen ein für die Ästhetik der Zeit wichtiges Problem und fragt nach den Unterschieden der Darstellungsmöglichkeit in Dichtung und bildender Kunst. Auch gegen die Regelpoetik der Aufklärer nimmt er Stellung oder behandelt die Wortfolge im Griechischen und im Deutschen. In den Oden der Spätzeit preist und verteidigt er häufig die Reinheit der deutschen Sprache. Es ist ein eigentümlicher Zug von Klopstocks Entwicklung, daß er in seiner Jugend eine große sprachschöpferische Leistung vollbrachte, dann aber in späteren Jahren immer mehr versuchte, das von ihm selbst intuitiv Geschaffene reflektierend zu durchdringen und zu rechtfertigen. Auf diesem Wege wuchs er immer tiefer in ein umfassendes Studium der Sprache hinein, das seinen Niederschlag in den *Grammatischen Gesprächen* und in zahlreichen Abhandlungen gefunden hat. Bei der glühenden Liebe zur Sprache, die Klopstock als Dichter, Patriot und Sprachforscher empfand, war es nicht verwunderlich, daß er auch in seiner Odendichtung gegen vermeintliche Sprachverderber zu Feld zog. So preist er in dem Gedicht *Die deutsche Bibel* Luthers Sprachschöpfertum, um dann die Bibelübersetzer des 18. Jahrhunderts scharf anzugreifen. Im Kampf um die Pflege der Sprache schonte er auch Freunde nicht und nahm 1796 sogar gegen seinen Schüler Johann Heinrich Voß Stellung. In der Ode *Unsere Sprache an uns* legt Klopstock der deutschen Sprache selbst den Vorwurf in den Mund, den er gegen Vossens Übersetzungen erhoben hatte. Er war der Meinung, daß Voß die deutsche Sprache in seinen Übersetzungen einer „Vergriechung" unterzogen habe. Obwohl der Dichter in derartigen Auseinandersetzungen eine gewisse Starrheit zu zeigen vermochte, ist das eigentliche Motiv seiner Kritik doch niemals engstirniger Purismus gewesen. Er ging aus von der Erkenntnis, daß „von der Sprache großentheils die Denkungsart eines Volkes abhängt" *(Gelehrtenrepublik)*. In dem Fragment *Vom edlen Ausdrucke* (1779) sagt er: „Die Sprache eines Volkes bewahrt seine Begriffe, Empfindungen, Leidenschaften, dieß alles bis zur feinsten Nebenausbildung, wie in einem Behältniß auf. Man könnte das Aufbewahrte die Seele der Sprache nennen." Es ging Klopstock bei seinen Sprachreinigungsbestrebungen um die Seele der Sprache. Das muß man im Auge behalten, um seinen Eifer und seine Strenge richtig zu verstehen. Die dichtungstheoretischen Oden haben naturgemäß weniger Interesse und Beifall gefunden als Klopstocks frühere Schöpfungen, ja man hat sie als Symptom versiegender Schaffenskraft gedeutet und als verfehlte Gebilde abgetan. Demgegenüber hat Karl August Schleiden 1954 in seiner Studie über *Klopstocks Dichtungs-*

theorie mit Nachdruck betont, daß Klopstock hier eine Form erschlossen hat, die später von Hölderlin und Rilke in ihren großen Gedankengedichten weitergeführt worden ist. Außerdem bleibt zu bedenken, daß diese Oden natürlich ein wichtiger Bestandteil der zugleich in dichterischer und theoretischer Form vorgetragenen Poetologie Klopstocks sind.

Auch ein weiterer Teil der Alterslyrik Klopstocks ist bisher vorwiegend unter dem Aspekt der Erstarrung und der zunehmenden Lehrhaftigkeit gesehen worden: die Oden über die Französische Revolution. Klopstock hat bekanntlich die Französische Revolution zunächst enthusiastisch begrüßt und in der Ode *Sie, und nicht Wir* sogar beklagt, daß nicht Deutschland das Land war, in dem die Sonne der republikanischen Freiheit zuerst aufging. Sein Eintreten für die Revolution blieb selbst in Frankreich nicht unbemerkt. Die französische Nationalversammlung ernannte ihn neben einigen anderen Staatsmännern und Schriftstellern am 26. August 1792 zum französischen Bürger. Als im gleichen Jahr die verbündeten deutschen Fürsten Vorbereitungen trafen, militärisch einzugreifen, richtete Klopstock an den Generalissimus der deutschen Truppen, den Herzog von Braunschweig, die aggressive Ode *Der Freyheitskrieg.* In diesem Gedicht mahnt er den Fürsten, vom verhaßten „Krieg der Eroberung" abzustehen, zumal das Ziel des Kampfes nur sein könne, ein Volk, das eben den Gipfel der Freiheit erstiegen habe, wieder in die Sklaverei zurückzuwerfen. Der Haß gegen den Eroberungskrieg war übrigens auch ein zentrales Motiv der Revolutionsbegeisterung Klopstocks. Immer wieder feierte er enthusiastisch den im Mai 1790 von der französischen Nationalversammlung gefaßten Beschluß, keine Eroberungskriege mehr zu führen. Als die blutigen Ausschreitungen der Revolution begannen, schwieg Klopstock zunächst bestürzt, als aber 1793 die Franzosen im Zuge ihrer militärischen Aktionen in andere Länder vorstießen, da schlug seine Begeisterung in flammenden Haß um. „Hochverräther der Menschheit" nannte er jetzt die Männer der

Revolution, denen er nie verziehen hat, daß sie sich über den Beschluß gegen den Eroberungskrieg hinwegsetzten. Durch den Bruch des „edlen Wortes" sah er sich auch persönlich so tief verletzt, daß er immer wieder in seinen Gedichten das Bild von der enttäuschten Liebe gebrauchte, um zu zeigen, daß ihn der politische Irrtum auch menschlich schicksalhaft erschüttert hatte. In der Ode *Mein Irrthum* heißt es 1793:

> Ach des goldenen Traums Wonn' ist dahin,
> Mich umschwebet nicht mehr sein Morgenglanz,
> Und ein Kummer, wie verschmähter
> Liebe, kümmert mein Herz.

Der tiefe Gram über den Verlauf der Französischen Revolution hat Klopstocks Alter überschattet. Anderseits aber brachte der Zorn seine dichterischen Kräfte noch einmal zur Aufwallung. Es finden sich unter den Revolutionsgedichten grandiose Haßgesänge, in denen der Dichter die Ausdruckskraft der früheren Zeit voll zurückgewinnt. Daneben freilich sind manche Gedichte zu verzeichnen, die den Leser durch die Fülle der Anspielungen und das Übermaß der allegorischen Gestalten und Bezüge ernüchtern. Solche Mängel dürfen jedoch nicht den Blick dafür trüben, daß Klopstock mit seinen Revolutionsoden den Typus des Zeitgedichtes zur Geltung brachte und eine politische Dichtung von hohem künstlerischem Rang zu schaffen versuchte.

Ganz anderer Art als die militanten Revolutionsoden sind die in der Spätzeit noch in größerer Zahl entstandenen Erinnerungsgedichte. Während in den Oden der Frühzeit der Blick gern in die mit Bildern der Imagination ausgefüllte Zukunft gelenkt wurde, überwiegt in der Alterslyrik nun die Perspektive der Rückschau und Erinnerung. Der sich dem Tode näher wissende Dichter denkt an das Wiedersehen mit den verstorbenen Freunden und vor allem mit Meta *(Das Wiedersehn)*. Das Vorgefühl des Todes entfremdet ihn jedoch nicht dem Leben. Im Gegenteil, die Erinnerung ist ihm „süße Verneuerin" des Lebens. Mit Ernst und Heiterkeit vergegenwärtigt sich der greise Dichter Gestalten und Szenen der eigenen Vergangenheit. Auch in Form und Sprache haben die Erinnerungsoden der Spätzeit einen eigenen Charakter. Sie zeichnen sich aus durch die Schlichtheit der Aussage und durch eine Wärme des Tons, die in merkwürdigem Kontrast zu dem harten und kämpferischen Pathos der Zeitgedichte steht. Man sieht, daß Klopstock noch im hohen Alter über verschiedene Töne verfügte. Überhaupt ist festzustellen, daß die summarischen Ablehnungen seiner Alterslyrik zum Teil sehr ungerecht sind. Gewiß hat Klopstock seit dem Auftreten Goethes die literarische Entwicklung nicht mehr entscheidend beeinflußt. Es ist auch deutlich, daß dem älteren Dichter nicht die Wandlungen und Umbrüche beschieden waren, die Reichtum und Vielfalt in Goethes Werk erzeugt haben. Aber selbst dort, wo Klopstock später abseits vom literarischen Leben der jüngeren Generation sich nur noch in den Grenzen der von ihm geschaffenen Ausdrucksformen bewegte, zeigen all seine Versuche noch den großen Experimentator der Dichtung.

Karl Ludwig Schneider

INHALT